KB253332

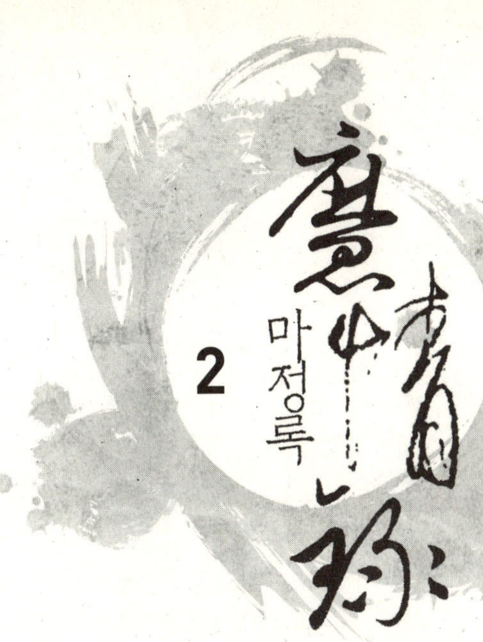

2

마정록

장담 신무협 장편소설

ORIENTAL FANTASY STORY & ADVENTURE

dream
books
드림북스

마정록(魔情錄) 2 마정혈로(魔情血路)

초판 1쇄 인쇄 / 2012년 6월 29일
초판 1쇄 발행 / 2012년 7월 9일

지은이 / 장담

발행인 / 오영배
편집팀장 / 권용범
책임편집 / 편집부
펴낸 곳 / (주)삼양출판사 · 드림북스

주소 / 서울특별시 강북구 송천동 322-10호
대표 전화 / 02-980-2112 팩스 / 02-983-0660
편집부 전화 / 02-980-2116 팩스 / 02-983-8201
블로그 / blog.naver.com/dreambookss

등록번호 / 제9-00046호
등록일자 / 1999년 3월 11일

ⓒ 장담, 2012

값 8,000원

ISBN 978-89-542-4847-1 (04810) / 978-89-542-4845-7 (세트)

* 지은이와 협의하에 인지는 생략합니다.
* 잘못된 책은 구입한 곳에서 바꾸어 드립니다.

마정록

2

마정혈로(魔情血路)

장담 신무협 장편소설

ORIENTAL FANTASY STORY & ADVENTURE

dream
books
드림북스

차 례

마정록

第一章

사람을 잘못 보면 인생 종치는 수가 있다

이정한은 동호량과 초강에게 고갯짓을 했다.

그들이 뒷걸음질 치며 동굴 깊은 곳으로 들어가는 동안 북궁천은 좌우를 둘러보았다.

모두 아홉. 그들에게서 기괴한 기운이 느껴졌다.

탁하면서도 끈적거리는 기운. 정상적인 무공을 익힌 자라면 결코 지닐 수 없는 기운이.

북궁천은 그 기운의 정체를 알기에 눈을 가늘게 좁혔다.

공손설을 공격했던 자들과 비슷한 마기다. 그렇다면 공손설을 공격한 자들도 천사교의 무리란 말인가?

'그런데 어떤 마공을 익혀서 저렇게 지독한 마기가 흐르는

거지?’

어쨌든 마기를 지닌 자들이라면 부담될 것이 없다.

마공을 익히면 속성으로 강해질 수 있는 장점이 있는 반면, 마기를 지닌 마인이 되어서 일반 사람과는 다른 극악한 심성이 만들어진다.

극악한 짓을 저지르면서도 죄책감을 느끼지 않고, 때로는 그러한 짓을 즐긴다.

세상에 존재해 봐야 해악만 끼치는 자들. 죽어도 싼 자들이다.

‘이러한 자들에게는 단호하게 손을 써도 려려가 뭐라고 안 하겠지?’

뭐라고 하기는커녕 의협을 행했다며 칭찬할지도 모른다. 상대는 피도 눈물도 없는 마인들이 아닌가 말이다.

북궁천은 적을 맞이하면서 오랜만에 마음이 가벼워졌다.

그가 혼자 나서자 중년인은 가소롭기만 했다.

“동굴을 무덤으로 삼는 것도 괜찮은 생각이군.”

북궁천은 턱을 쳐들고 엄지손가락으로 검을 밀어 올렸다. 마음이 가벼우니 말도 가볍게 나왔다.

“천사교 사람들인가?”

갑작스런 그의 질문에 중년인의 붉은 눈빛이 파문을 일으켰다.

“흐흐흐, 곧 죽을 놈이 별걸 다 궁금해하는군. 정 알고 싶으면 지옥에 가서 물어봐라.”

눈빛의 변화만으로도 이미 답은 나왔다.

북궁천은 씩 웃으며 중년인을 자극했다.

“말하기 싫다면 어쩔 수 없지. 갈 길 바쁘니까 헛소리 그만하고 덤벼 봐라.”

조롱보다 더 기분 나쁜 완벽한 무시.

중년인의 가느다란 눈썹이 실지렁이처럼 꿈틀거렸다.

“그렇게 빨리 죽고 싶다면 소원을 들어주지. 놈의 목을 쳐라!”

명령이 떨어진 순간, 중년인의 좌우에 있던 자들이 땅을 박차고 신형을 날렸다.

북궁천은 그들의 공세가 코앞까지 닥친 후에야 검을 뺐다.

찰나, 좌우를 향해 빗살처럼 뻗어 나가는 묵빛 번개!

“크억!”

“헉!”

시커먼 섬전이 그늘진 숲 속을 가를 때마다 억눌린 신음이 비명처럼 터져 나왔다.

막을 새도 없고, 피할 새도 없었다.

마제의 성명절기 중 하나, 북성팔검(北星八劍)의 뇌전 수십 줄기가 일순간에 네 명을 고혼으로 만들었다.

그러고는 대경해서 물러서려는 자들마저 뒤덮었다.

서걱! 쉬이익! 쩌적!

허공이 찢겨지고, 골육이 갈라지고, 마지막은 폭음이 장식했다.

쾅!

북궁천은 훌훌 날아가는 자를 따라 몸을 날리며 중년인을 공격했다.

면산에서 만났던 자들보다 약했다. 눈앞의 중년인도 곽전유만 못해 보였다. 굳이 북천의 절대검공인 삼대패천검공을 펼칠 필요도 없었다.

중년인은 한순간에 수하들이 모조리 죽자 안색이 흙빛으로 변해서 검을 뽑아 들었다.

"이놈!"

악을 쓰며 달려든 그는 북궁천의 검세를 향해 정면으로 검을 뻗었다.

북궁천은 북성팔검 중 북성일기세(北星一氣勢)로 중년인의 공세를 차단하고 파혼성광(破魂星光)으로 검을 날려 버렸다.

쩡!

귀청을 먹먹케 하는 날카로운 소리!

햇빛에 반사되어 반짝이는 검날이 빙글빙글 돌며 하늘로 솟구쳤다.

동시에 북두패왕권이 중년인의 가슴에 틀어박혔다.

쾅!

"크억!"

뒤로 날아간 중년인의 몸뚱이가 아름드리 고목에 처박혔
다.

북궁천은 검을 거두고, 아름드리 고목 아래 널브러져서 피
를 쏟아 내고 있는 중년인을 바라보았다.

“죽어서 나무의 거름이 되는 것도 괜찮은 생각이야. 그 정
도면 마인치고 괜찮은 죽음이군.”

무심한 어조로 조금 전 중년인이 한 말을 되받아친 그는
몸을 돌렸다.

동굴 안으로 들어갔던 사람들이 나오고 있었다.

이정한 등은 그럴 줄 알았다는 듯 담담한 반면, 등에 업힌
조관수와 포양은 반쯤 넋이 빠진 표정이었다.

자신들을 위기로 몰아넣었던 자들이 몇 수 버텨 보지도 못
하고 죽다니. 그것도 단 한 사람에게!

‘너무 많은 것을 드러냈나?’

조관수는 강호 경험이 많은 자여서 자칫하면 자신의 정체
가 드러날 수도 있거늘.

하지만 지옥으로 달려가는 자들을 붙잡고 다시 싸울 수는
없는 일.

“여기까지 추적해 오느라 지쳤는지 힘을 쓰지 못하는군요.
이제 그만 가지요.”

변명 같지도 않은 변명을 한 그는 조관수의 입술이 움직이
는 걸 보고 몸을 돌렸다.

*　　　*　　　*

정주에 도착한 북궁천 일행은 동호량의 등에 업힌 조관수의 설명을 들으며 대로를 따라 안쪽으로 깊숙이 들어갔다.

그렇게 얼마나 갔을까, 은가장(銀家莊)이라는 현판이 내걸린 커다란 장원이 그들 앞에 나타났다.

그들이 정문에서 삼 장 떨어진 곳에 도착하자 조관수가 말했다.

"나를 내려 주게."

동호량은 그를 조심스럽게 내려 줬다.

그 때 정문 앞에 서 있던 위사 둘이 의아한 표정으로 그들을 바라보았다.

"본 장에 볼일이 있어서 온 거요?"

동호량의 등에서 내린 조관수가 허리를 펴고 자신의 신분을 밝혔다.

"장주에게 백검맹의 조관수라는 사람이 찾아왔다고 전해 주게나."

조관수의 이름을 아는지 정문 위사들의 눈이 휘둥그레졌다.

그들은 서로를 바라보며 쑥덕이더니, 둘 중 하나는 급히 장원 안으로 달려 들어가고, 하나는 조관수를 향해 공손히 말했다.

"일단 안으로 들어가시지요, 조 대협."

조관수가 북궁천 일행을 돌아다보았다.

"들어가세."

북궁천은 담담히 웃으며 고개를 저었다.

"저희는 바쁜 일이 있어서 그만 가 보도록 하겠습니다. 들어가십시오."

"은혜를 입었는데 어떻게 그냥 보낸단 말인가?"

"마음만으로도 됐습니다. 그럼 이만."

북궁천은 말이 길어지기 전에 포권을 취했다.

조관수는 아쉬운 표정을 지으며 마주 포권을 취했다.

"허어, 바쁘시다니 어쩔 수 없군. 나중에 백검맹에 올 일이 있거든 꼭 찾아오시게나. 오랜만에 진정한 협사를 만나서 정말 반가웠네."

"하, 하. 별말씀을."

조관수와 헤어진 북궁천은 지나가는 사람들에게 대화루의 위치를 물어보았다.

대화루는 정주에서 가장 크고 화려한 주루여서 아는 사람을 찾는 것이 어렵지 않았다.

하지만 그가 정작 찾아가려는 곳은 대화루가 아닌, 대화루 옆 골목에 있는 작은 주루였다. 대화루는 단지 찾기가 쉬워서

지표로 삼은 곳일 뿐.

북궁천은 일행과 함께 대화루 옆의 골목으로 들어갔다. 저만치 골목 안쪽에 무환루라고 쓰인 허름한 깃발이 보였다.

그곳이 바로 장 의원이 말해 준 연락처였는데, 그곳의 주인도 장 의원처럼 정보를 사고파는 사람이라 했다.

이정한 등과 함께 주렴을 걷고 안으로 들어간 북궁천은 일단 탁자를 하나 차지하고 자리에 앉았다.

게으름이 온몸에 덕지덕지 묻은 점소이가 귀찮음이 가득한 표정으로 느릿느릿 다가왔다.

"뭘 드시겠습니까요?"

"주인장 좀 만났으면 싶은데."

"주인아저씨는 무슨 일로……?"

"태원의 장 의원이 보낸 사람이라고 하면 알 거야."

점소이는 북궁천의 말을 듣고 주방 쪽을 힐끗 쳐다보았다.

"잠깐만 기다려 보십쇼."

주방에서 나온 자는 점소이보다 배는 더 게으를 것 같았다. 옷도 지저분하고.

그런 자가 주방에서 음식을 만든다 생각하니 이곳에서 식사하고 싶은 생각이 눈곱만큼도 들지 않았다.

"장 의원이 보내서 오셨다고 했수?"

게다가 목소리도 성질 급한 사람은 짜증이 날 정도로 느렸다.

“그렇소. 장 의원이 부탁한 것이 있을 텐데, 어떻게 되었는지 알아보려고 왔소.”

주인은 눈알을 데룩데룩 굴리며 주위를 살펴보더니 슬쩍 고갯짓을 했다.

“용건 있는 분만 따라 오쇼.”

북궁천은 이정한 등에게 술이나 한잔하고 있으라 하고 주루 주인을 따라갔다.

주루 주인은 주루 뒤쪽에 있는 방으로 북궁천을 데려갔다.

“그리 앉으쇼.”

북궁천이 의자에 앉자, 차 한 잔을 따라 준 그는 맞은편 의자에 앉았다.

그는 차를 한 모금 마시며 북궁천의 기색을 슬쩍 살펴본 후에 입을 열었다.

“사흘 전에 연락을 받고 그동안 수집한 모든 정보들을 뒤져 보았소. 당신은 잘 모를 거요. 그 많은 정보를 뒤진다는 게 얼마나 힘든 일인지.”

“그래서, 찾았소?”

“수레로 하나 가득한 문서를 모조리 뒤져 보기 위해서 세 사람이 사흘 동안 달라붙었소. 먹는 것도 제대로 못 먹고 말이오.”

주루 주인은 계속 엉뚱한 소리만 했다.

북궁천은 주인의 뜻을 짐작하면서도 모른 척했다.

"쉬운 일이면 내가 왜 돈을 주면서 부탁했겠소?"

그러자 주루 주인이 더 참지 못하고 속내를 털어놓았다.

"그래도 솔직히 말해서, 이십 냥은 너무 적소."

장의원이 이십 냥을 먹고 이자에게 이십 냥을 주었나 보다.

북궁천은 주루 주인을 똑바로 바라보며 물었다.

"그 세 사람에게 이십 냥을 전부 줬소?"

"에, 그건 아니지만……."

"많이 줬어야 열 냥을 줬겠지. 그리고 당신이 열 냥을 먹었을 거고."

정곡이 찔린 주루 주인은 우물쭈물하며 신경질적으로 답했다.

"그건 그런데…… 좌우간 우리가 고생한 걸로 따지면 은자 삼십 냥은 더 받아야 하오. 그렇다고 삼십 냥을 다 받을 순 없고, 정 그녀에 대해 알고 싶으면 이십 냥을 더 내쇼."

"줄 수 없다면?"

"우리도 정보를 내줄 수 없소."

"그래도 내가 끝까지 알아내겠다고 한다면?"

주루 주인은 굵고 짧은 눈썹을 꿈틀거리더니 누런 이를 드러내며 웃었다.

"그럼 안 좋은 꼴을 당할 거요."

그의 말이 끝남과 동시에 뒷문이 덜컥 열리고, 덩치 큰 장한 셋이 들어왔다.

커다란 칼과 낫을 들고서.

소매를 걷어 올린 그들의 팔에는 지렁이 기어간 자국이 세기 힘들 정도로 얽혀 있었다.

게다가 쭉 찢어진 눈과 두어 개씩 빠진 누런 이, 얼굴을 가로지른 굵직한 흉터 등은 보는 이를 주눅 들게 하고도 남았다.

흑도 건달의 운명을 개척하기 위해 노력한 흔적이 역력한 자들.

주루 주인은 그들이 뒤에 늘어서자 턱을 치켜들고 거만하게 말했다.

"힘없으면 이 장사도 할 수가 없지. 잘못하면 몇 푼 벌려다가 인생 종치는 수가 있거든."

북궁천은 태연하게 차를 한 모금 마시고 담담히 말했다.

"사람을 잘못 봐도 인생 종치는 수가 있지."

"맞아, 맞아. 그래서 우리도 거래를 하기 전에 상대를 자세히 알아보지."

"장 의원이 우리에 대해서 말해 줬나 보군. 뭐라고 했지?"

"태극문의 제자들이라고 하더군. 친구의 제자들이니까 너무 심하게는 하지 말라고. 본래는 나도 그러려고 했는데 이번 일은 이십 냥만 받고 하기에는 너무 위험해. 사실 백 냥은 받아야 하는데 그래도 장 의원의 친구 제자들이라니까 이십 냥만 더 받으려고 하는 거야."

주루 주인은 자신이 큰 인심을 쓰고 있다는 투로 말하고는 북궁천을 압박했다.

"지금 결정해. 이십 냥을 더 주고 일을 맡기든지 아니면 그냥 손 털고 가든지. 나중에 다시 맡기려면 그때는 백 냥을 다 줘야 할 거야."

북궁천은 고개를 주억거리며 빙그레 웃었다.

"좋아, 반드시 이십 냥을 더 받아야겠다면 나도 어쩔 수 없지."

주루 주인도 흐뭇한 웃음을 지었다.

"잘 생각……."

그 순간, 북궁천이 우수를 쑥 내미는가 싶더니, 호방도의 돼지처럼 두툼한 목을 쇠갈고리 같은 손가락으로 움켜쥐었다.

어찌나 빠른지 호방도가 스스로 목을 들이댄 것처럼 보일 정도였다.

"켁!"

호방도의 목에 손가락 두 마디를 깊게 박은 북궁천이 고저 없는 무심한 목소리로 말했다.

"지금 결정해. 목뼈가 부러져서 죽을 건지, 아니면 지금까지 알아낸 정보를 털어놓을 것인지. 나중에는 말하고 싶어도 할 수가 없을 거야."

그 때였다. 낫을 들고 있던 자가 앞으로 달려들며 북궁천의 팔을 내리쳤다.

"손을 놓아라!"

북궁천은 그를 쳐다보지도 않고 왼손을 휘둘러서 낫을 움켜쥐었다.

덥석.

시퍼렇게 날이 선 낫을 맨손으로 움켜쥔 그는 매우 아쉬운 표정으로 말했다.

"정보만 주면 봐주려고 했는데, 피를 보고 싶다면 어쩔 수 없지."

말을 하는 사이 손가락이 점점 더 목에 깊이 박혀 들고, 호방도의 안색은 썩은 돼지 간처럼 시커멓게 변했다.

"크윽, 컥, 컥……."

퉁방울처럼 튀어나온 눈이 시뻘겋게 충혈된 호방도는 온몸이 덜덜 떨렸다.

분명 삼류문파의 제자들이라 했다. 키만 클 뿐 자신이 봐도 그렇게 강한 것 같지 않았다.

그런데 강철 갈고리 같은 손가락으로 자신의 목을 번개처럼 움켜쥐고, 서슬 퍼런 낫을 맨손으로 가볍게 잡아 내지 않는가 말이다.

목이 잡히면서 혈도까지 제압당한 듯 온몸의 힘이 쭉 빠진 그는 안간힘을 다해서 애원했다.

"케에, 케엑. 제, 제발……."

"순순히 말할 의사가 있다는 뜻인가? 설마 내가 잘못 안 것은 아니겠지?"

호방도는 있는 힘을 다해서 고개를 끄덕였다.

정신이 아득해지고 있었다. 이번 기회를 놓치면 영영 세상 구경을 못 할 것 같았다.

북궁천은 좌수로 쥐고 있던 낫을 슬쩍 밀었다.

낫을 쥐고 있던 장한이 떡메에 얻어맞은 사람처럼 뒤로 날아가 벽에 처박혔다.

퍽!

다른 두 장한은 북궁천이 낫을 손으로 잡는 걸 본 후로 몸이 굳어서 보고 꼼짝도 하지 못했다.

북궁천은 호방도의 목마저 풀어 주고 느긋이 찻잔을 잡았다.

"일단 목부터 축이고 말해. 그러잖아도 사투리 때문에 알아듣기가 힘든데, 발음마저 이상하면 내가 잘못 알아들을 수도 있으니까. 그럼 후회하게 될 거야."

겨우 정신을 차린 호방도는 덜덜 떨리는 손으로 찻잔을 잡아 반쯤 남은 차를 목 안에 털어 넣었다.

"헉, 헉, 후욱, 후욱……."

지옥에 갔다 온 기분. 온몸이 식은땀으로 축축했다.

숨을 거칠게 몰아쉬던 그는 숨결이 어느 정도 정상적으로 돌아온 후에야 입을 열었다.

"고, 공자께서 부탁한 헌원려려라는 여자는……."

＊　　＊　　＊

북궁천은 만감이 교차하는 표정으로 무환루를 나섰다.

호방도는 자신이 아는 모든 사실을 털어놓았다.

헌원려려의 아름다운 모습에 눈이 먼 정주의 청년들이 악착같이 그녀의 정체를 캐려고 덤벼든 덕분에 제법 많은 정보가 남아 있었던 것이다.

그녀가 정주에 들어온 것은 확실했다. 그리고 정주에 들어온 지 사흘 만에 남쪽으로 내려갔다고 했다.

그 후 그녀에 대한 이야기는, 그녀를 어떻게 해 보려 했던 자들 몇몇만이 술자리에서 간혹 꺼낼 뿐 관심거리 밖으로 밀려난 상태였다.

그런데 일 년 정도 지난 후, 약 육 개월 전쯤 남양에 갔던 자 하나가 그녀에 대한 이야기를 꺼냈다고 한다.

"헌원 소저를 남양에서 봤네. 하얀색 가마에 타고 있었는데 정말 아름답더군. 반가워서 말을 붙여 볼까 했지만, 가마를 호위하는 자들이 워낙 싸늘해 보여서 가까이 가 보지도 못했네."

호방도가 이십 냥을 더 달라고 우긴 것은 바로 그 말 때문이었다.

그 말을 한 자가 정주에서 행세깨나 하는 선풍장의 아들인데도 가까이 가는 것조차 힘들 정도라 했다.

그렇다면 헌원려려에 대한 정보를 넘겨주었다가 위험이 닥칠지도 모른다는 걸 정보상인의 본능으로 느낀 것이다.

'남양이라……'

그런데 그녀를 호위하고 있다는 자들은 누구일까?

일개 호위무사가 중소문파의 소주인에게 위압감을 줄 정도라면 평범한 자들은 아니라는 말인데.

'친척이 평범한 집안은 아니라 하더니, 생각했던 것보다 더 힘 있는 집안인 것 같군.'

그래서 걱정이었다. 힘 있는 집안이라면 아름다운 그녀를 그냥 놔두지 않을 테니까.

만약 그녀가 지금은 혼자가 아니라면? 누군가의 여인이 된 상태라면?

그녀를 데리고 도망쳐야 하나? 그녀가 자신과 함께 도망치려 할까?

북궁천은 온갖 생각으로 마음이 심란했다.

하지만 어쨌든 자신이 선택할 수 있는 길은 하나뿐이었다.

그녀의 흔적을 뒤쫓다 보면 언젠가는 만날 수 있지 않겠는가.

일단은 남양으로 가 보는 수밖에.

어차피 최종 결정은 그녀를 만난 후에 내려야 할 테니까.

북궁천이 심란한 마음을 가슴 저 깊숙한 곳에 가라앉혔을 즈음, 이정한이 넌지시 말했다.

"대형, 어디 가서 식사라도 하시지요."

마침 그들 앞에 객잔이 보였다. 다른 곳에 비해서 유난히 조용한 곳이었다.

"그럴까? 저리 들어가세."

북궁천은 객잔 안으로 들어간 후에야 왜 그렇게 조용한지 이해할 수 있었다.

제법 넓은 객잔 안에는 손님이 달랑 둘밖에 없었다. 그것도 둘이서 탁자 하나를 차지하고 있었다.

그리고 그들 주위에는 부서지거나 뒤집어진 탁자가 나뒹굴고 있었고, 그 사이에 대여섯 사람이 널브러져 있었다.

북궁천은 걸음을 멈추고 두 사람을 바라보았다. 객잔의 살풍경은 말없이 술을 주고받는 그들의 작품인 듯했다.

그런데 북궁천 일행을 보고는, 술을 마시던 두 사람 중 하나가 말했다.

"도정방에서 왔나?"

이십 대 중반 정도로 보이는 빼빼한 청년이었는데 눈빛이 얼음장처럼 싸늘했다.

"도정방? 처음 듣는 이름이군. 우리는 조용한 곳에서 식사
나 하려고 왔을 뿐이네. 이런 곳인 줄 알았으면 오지도 않았
겠지만."

북궁천은 담담히 말하고 돌아서려 했다.

그 때 싸늘한 눈빛을 한 청년의 맞은편에 앉아 있던 자가
고개를 돌렸다.

그는 덩치가 컸는데 둥근 얼굴에 눈썹이 짙어서 마치 눈사
람의 눈 위에 숯으로 눈썹을 붙인 듯했다.

"다른 것은 몰라도 조용하기로는 이만한 곳이 없지. 오는
손님까지 쫓아냈다는 소린 듣고 싶지 않으니 식사를 하려면
안으로 들어오쇼. 장사를 안 하는 것은 아니니까."

하긴 조용한 것으로 따지면 정주성 내에서 이만한 곳도 없
을 것이었다. 난장판만 아니라면 말이다.

두 사람을 묘한 눈빛으로 바라보던 북궁천이 안으로 걸음
을 옮겼다.

"들어가세. 정주의 인심이 어떤지 한번 보고 싶군."

이정한 등은 고개를 설레설레 저으며 그를 따라갔다.

북궁천은 구석진 곳의 멀쩡한 탁자에 자리를 잡고 점소이
를 불렀다.

"주문 안 받나?"

점소이는 미칠 것 같았다.

‘눈깔이 썩었나? 저걸 보고도 여기서 처먹고 싶어?’

하지만 한 푼이라도 더 벌 욕심에 차 있는 주인의 서슬 퍼런 눈초리에 어쩔 수 없이 행주와 찻주전자를 들고 북궁천 일행에게 다가갔다.

“뭘 드시겠습니까요?”

이정한이 나서서 두어 가지 요리를 주문했다.

그들의 태연한 행동을 보고 싸늘한 눈빛의 청년이 말했다.

“그래도 강단이 없는 자들은 아닌 것 같군.”

피식 웃은 북궁천이 턱짓으로 바닥을 가리켰다.

“쓰레기통에서 술 마시는 게 취미가 아니라면 옆은 좀 치우고 먹지 그러나?”

덩치 큰 청년은 좌우를 둘러보더니 주인과 점소이를 불렀다.

“여태 안 치우고 뭐 하는 거야? 본 공자에게 이런 곳에서 술을 마시란 말이냐?”

주인과 점소이가 달려왔다. 그들은 불만이 가득한 표정임에도 겉으로는 표현을 못했다.

“죄송합니다요, 삼공자님. 금방 치우도록 하겠습니다요.”

“그런데 패거리를 데리러 간 놈들은 왜 안 오는 거지?”

주인이 딱하다는 표정으로 말했다.

“놈들도 공자님이 황보세가 분이란 걸 알았는데 오겠습니까요?”

"뭐야? 그럼 우리가 헛수고를 하고 있단 말이야? 이런, 빌어먹을!"

헛수고는 아니었다. 술을 공짜로 마시고 있었으니까.

"그런데 술이 왜 이리 싱거워? 혹시 물을 몽땅 타는 것 아냐?"

공짜로 마시면서 술맛 타령을 하다니.

주인은 청년의 목덜미를 잡아서 밖으로 던져 버리고 싶었지만 차마 그러지는 못했다. 그랬다가는 밖으로 던지기 전에 자신이 누워있는 도정방 패거리들 꼴이 될 테니까.

"저희 집 술을 처음 마셔 보는 것도 아니시면서 왜 그러십니까요. 더 좋은 술을 드시고 싶으면 황보세가에서 운영하는 대화루로 가서 마시는 게……."

주인은 황급히 입을 다물었다.

청년은 황보세가에 대한 말을 꺼내는 걸 무척 싫어했다. 자신이 황보세가의 사람이면서도.

아니나 다를까, 청년은 주인을 노려보며 한 자 한 자 또박또박 말했다.

"기둥 다 뽑아 버리기 전에 제대로 된 술을 가져와. 얼마 전에 좋은 술이 들어왔다는 걸 내가 모르는 줄 알아?"

주인의 얼굴이 일그러졌다.

'끄응, 황보세가의 주귀가 언제 또 냄새를 맡았지?'

그런 술이 있긴 있었다. 하지만 소량이어서 중요한 단골손

님에게만 조금씩 팔고 있었다.

저 곰 같은 주귀가 한 병에 만족하진 않을 터, 적어도 세 병은 내주어야 했다. 그 정도면 오늘 장사는 완전히 공친 거나 마찬가지였다.

그래도 저 인간 덕분에 흑도 건달들을 처리했으니 손해라 할 것은 없지만.

"알겠습니다요. 조금만 기다리십쇼. 이것부터 치우고 가져오겠습니다요."

북궁천은 사정이 생각했던 것과 조금 다르다는 걸 느끼고 두 사람을 자세히 살펴보았다.

'삼공자와 황보세가? 그럼 저자가 황보세가의 삼공자란 말인가?'

그 때 삼공자라 불렸던 자가 자리에서 일어나더니 북궁천이 있는 곳으로 다가왔다. 일어서니 앉아 있을 때보다 덩치가 더 크게 보였다.

"말투를 들어 보니 이곳 분들이 아닌 것 같은데, 어디서 온 분들이오?"

"태원에서 왔소."

"태원? 멀리서도 오셨군. 나는 황보청이라 하오."

"단화린이오."

"손님이라곤 우리뿐인데, 함께 마시면 어떻겠소?"

의외로 북궁천은 황보청의 제의를 마다하지 않았다.

누군가에게 하남의 상황을 듣고 싶었는데, 황보세가의 아들인 황보청이라면 보다 많고 깊은 것을 알고 있을 것 같았다.

"저분은 어떻게 생각할지 모르겠소."

황보청은 씩 웃더니 고개를 돌려서 동료를 불렀다.

"종리 아우, 이리 오게."

이정한 등은 상대가 황보세가의 삼공자라는 사실을 알고 반대 의사를 표명할 생각도 못했다.

천사(天邪)의 난(亂)으로 무림맹이 유명무실해졌다곤 하나 구대문파와 오대세가의 힘마저 약해진 것은 아니었다.

이런 괴이한 경우만 아니라면, 황보세가의 셋째 공자와 한자리에 앉아 술을 마신다는 것만으로도 가슴이 두근거릴 일이었다.

"종리기진이오."

싸늘한 눈빛의 청년은 합석하는 게 못마땅한지 건성으로 포권을 취했다.

"하하하, 일단 앉게. 오늘 괜찮은 술친구를 만났는데 얼굴 좀 펴게나."

황보청은 웃음을 터트리며 종리기진을 앉혔다.

곧 주인이 무척 아까운 표정으로 술을 가져왔다. 표정을 보니 황보청이 말한 그 귀한 술인 듯했다.

"자, 단 형부터 한 잔 받으시오."

황보청이 먼저 북궁천에게 술을 권했다.

하지만 북궁천은 그의 권주를 사양하고 손을 뻗어 술병을 잡았다.

"나는 괜찮으니 황보 형이 먼저 받으시오."

황보청은 고집을 쉽게 굽히지 않았다.

"그런 경우가 어디 있소? 이곳 정주에선 내가 주인이고 단 형이 손님 아니오? 손님이 주인에게 먼저 술을 권하는 법이 어디 있단 말이오? 사양하지 마시고 한 잔 받으시오."

그런데 술병이 꿈쩍도 하지 않았다.

황보청이 위를 잡은 상태.

같은 힘을 써도 위를 잡은 사람이 훨씬 유리한 상황이다. 게다가 순수한 힘 하나만큼은 정주 제일로 불리는 그가 아닌가.

그런데 술병이 바위에 박힌 듯 꿈쩍도 않자 은근히 오기가 생겼다.

'제법인데?'

은근슬쩍 공력을 주입한 그는 북궁천의 고집을 꺾으려 했다.

하지만 그가 아무리 힘을 써도 술병은 요지부동이었다.

그는 감탄과 오기가 섞인 감정으로 공력을 더욱 강하게 끌어 올렸다.

북궁천은 생각지도 못한 상황이 벌어졌지만 굳이 피하려 하지 않았다.

오히려 황보세가의 아들이라는 황보청의 능력이 어느 정도나 되는지 시험해 봤다.

스으으으으.

두 사람의 공력이 술병에 집중되자 술병에서 기이한 소음이 흘러나왔다.

옆에 있던 네 사람은 벌어지는 상황을 짐작하고 호기심이 동했다.

이정한 등은 황보청이 얼마나 견딜 수 있는지 궁금했고, 종리기진은 단화린이란 자가 새삼스럽게 보였다.

'이름도 알려지지 않은 자가 제법이군.'

하지만 황보청은 종리기진의 마음과 달리 속이 새카맣게 타들어 갔다.

무려 칠성의 공력을 끌어 올렸는데도 술병은 움직일 생각을 하지 않았다.

더 답답한 것은 상대의 표정이 처음이나 지금이나 별다를 게 없다는 점이었다.

그런데 한술 더 떠 북궁천이 그의 기를 완전히 꺾어 버렸다.

"나는 당분간 술을 마시지 않기로 나 자신과 약속했소. 스스로 한 약속도 지키지 못한다면 그 어찌 남자라 할 수 있겠소? 그러니 이번은 황보 형이 양보해 주시오.”

맙소사! 내공 대결을 벌이는 와중에 태연히 말을 하다니!

자신은 입도 뻥긋할 수 없거늘.

질린 표정으로 북궁천을 바라보는 황보청의 눈빛이 잘게 떨렸다.

그 때 북궁천이 술병에서 조금씩 내력을 거두었다.

황보청은 벌게진 얼굴로 그에 맞춰 공력을 회수했다. 그리고 공력이 거의 다 회수된 순간 술병을 놓고 술잔을 들었다.

“좋소, 좋아. 그럼 따라 보쇼! 벌주로 석 잔을 마시겠소!”

그는 북궁천이 따른 술을 굴뚝처럼 뻥 뚫린 목구멍 속으로 털어 넣었다.

석 잔을 연거푸 마신 그는 북궁천을 빤히 바라보더니, 어느 순간 벌떡 일어나서 포권을 취하며 허리를 반쯤 숙였다.

“이 황보청이 우둔해서 단 형께 실례를 범했소이다! 용서해 주시오!”

종리기진이 깜짝 놀라서 눈을 크게 떴다.

“형님?”

“아우, 우형은 오늘에서야 우형에게 부족한 것이 뭔지 확실히 깨달았네. 나는 사람 보는 눈이 없었던 거야. 태산을 앞에 두고도 몰라보는 멍청이였어.”

“대체 무슨 말씀을……?”

“남에게 말은 하지 않았지만, 사실 나는 나 자신이 대단한 줄 알았다네. 세상 보는 눈이 누구에게도 뒤떨어지지 않는다고 생각했지. 하하하, 정말 웃기는 일 아닌가? 나 자신도 알지 못하는 놈이 세상을 다 아는 척하다니."

"형님은 자신해도 될 만큼 뛰어나십니다."

"아니, 아냐. 나는 그냥 남보다 주변 여건이 좋은 덕분에 그만큼 덕을 봐서 뛰어나게 보였던 것뿐이야. 아마 나에게 세가의 후광이 없었다면 아우의 반도 못 따라갔을걸?"

"그건 억지십니다."

"좌우간 나는 나에게 깨우침을 준 단 형을 형으로 모실까 하네."

"예?"

종리기진은 어이가 없어 눈이 휘둥그레졌다.

본래 엉뚱한 면이 있는 황보청이었다. 가끔 제멋대로 일을 벌여 뒷수습을 하느라 진땀 뺀 적이 한두 번이 아니었다.

오죽 말썽을 일으키면 도란공자(搗亂公子)라고 부르겠는가.

아무리 그렇다 해도 처음 만난 사람을 형으로 모시겠다는 말은 문제가 있었다.

그럼 자신도 형으로 대해야 한다는 말이 아닌가?

그로선 어떻게 해서라도 말려야 했다.

"형님, 술이 너무 과하신 것 같습니다. 오늘 처음 본 사람을 형으로 모시겠다니요? 대체 뭘 보고 그런 생각을 하신 겁니까?"

"나 같은 사람 두셋이 있어도 감당할 수 없는 분이네. 더구나 술꾼이 이처럼 좋은 술을 자신과의 약속 때문에 마다하는 것은 보통 결심으로는 할 수 없는 일이지."

말도 안 되는 소리였다.

황보청은 황보세가의 셋째 공자라는 것을 떠나서 대단한 능력을 지닌 사람이다. 사람들이 아직 진면목을 몰라서 그렇지.

아니었다면 자신이 황보청을 형으로 모시지도 않았을 것이다.

그런데 단화린이란 자가 그런 황보청보다 몇 배나 뛰어나다니.

거기다 술꾼이 술을 마다한 게 뭐 그리 대단하단 말인가?

"그 정도로는 이유가 빈약합니다. 좀 더 신중하게 생각해 보십시오."

하지만 황보청은 결심을 꺾지 않았다.

"아우, 사람을 사귈 때 신중에 신중을 거듭해야 한다는 것은 나도 알고 있네. 열 번, 백 번 만나도 사람 속이란 다 알 수 없는 법이니까. 하지만 말이야, 때로는 눈빛 한 번, 말 한 마디면 족할 때가 있지. 지금 이때를 놓치면 나는 단형과 헤어진 순간부터 후회할지 모르네."

"아무리 그래도 저는 형님의 마음을 이해할 수가 없습니다.”

“내가 가끔 말썽을 피우긴 해도 허언을 하는 사람이 아니라는 걸 아우가 잘 알잖은가?”

사실이 그렇다.

그래도 종리기진은 황보청의 결정이 영 마음에 들지 않았다.

“좋습니다. 어디 진짜 그렇게 대단한 분인지, 제가 직접 시험해 보지요.”

낮은 목소리로 냉랭히 말한 그는 의자에서 일어났다. 그리고 북궁천을 직시한 채 말했다.

“자신이 있다면 나와 한번 붙어 봅시다.”

갑자기 분위기가 냉각되며 찬바람이 불었다.

금방이라도 싸움이 벌어질 것 같은 상황.

이정한과 동호량과 초강은 얼굴이 굳어지긴 했지만 그리 걱정하는 표정은 아니었고, 북궁천은 자신과 전혀 상관없는 일인 양 엽차를 입으로 가져갔다.

그 모습에 기분이 상한 종리기진이 눈을 치켜뜨고 검을 불끈 움켜쥐었다.

“지금 나를 무시하겠다는 거요?”

그제야 북궁천의 눈이 그를 향했다.

“정주 사람들은 성격도 이상하군.”

“뭐요?”

“내가 당신 기분을 상하게 했소?”

아니다. 짜증나게 한 사람은 그가 아니라 황보청이다.

하지만 종리기진은 이대로 물러설 마음이 없었다. 칼을 뺐으면 무라도 잘라야 하지 않겠는가.

“좋소, 그럼 이런저런 이유를 떠나서 한번 겨뤄 봅시다. 설마 비무 신청을 거절하지는 않겠지요?”

북궁천은 종리기진을 지그시 바라보았다.

눈빛이 차갑게 느껴지긴 하나 악의적인 마음은 엿보이지 않았다.

‘황보청은 꼭 장추람을 보는 것 같고, 이 친구는 냉호를 닮았군.’

마제의 양팔, 장추람과 냉호는 성격이 극과 극을 달린다. 겉모습과 말투로 봐서는 영락없었다.

지금쯤 두 사람은 북천궁을 뛰쳐나와 자신을 찾고 있던가, 아니면 자신이 돌아갈 때까지 북천궁의 동요를 막으며 이를 갈고 있을 것이다. 주군이 자신들을 떼어 놓고 도망갔다면서.

‘나중에 그들을 달래려면 애 좀 먹겠군.’

북궁천은 속으로 쓴웃음을 지으면서 냉호를 닮은 종리기진의 요구를 받아들이기로 했다.

북천에서 비무 신청을 거부한다는 것은 상대를 모욕하는 일이다. 이곳이라 해서 다를 바 없을 듯했다.

“비무를 원한다면 받아 주겠소.”

그런데 황보청이 뜻밖의 제안을 했다.

"직접 겨루는 것보다 자신의 재주를 펼쳐 보이는 것은 어떻겠소?"

소란을 피할 수 있는 가장 단순한 방법. 그것도 괜찮을 것 같다.

"당신은 어떻게 생각하시오?"

북궁천은 황보청의 제안을 받아들이며 종리기진을 바라보았다.

종리기진도 마다하지 않았다.

그는 가끔 황보청과 함께 이런저런 재주를 펼쳐 보곤 했다.

재미로 하는 놀이이긴 했지만, 그로 인해서 초식의 새로운 변화를 깨달은 적도 있으니 마냥 놀이라고만 할 수도 없었다.

"좋소, 그렇게 합시다. 내가 먼저 해 보겠소."

시원스럽게 대답한 종리기진은 그와 황보청이 앉아 있던 탁자 쪽으로 갔다.

그는 탁자 위에 있는 빈 술병 하나를 잡아서 허공으로 던졌다.

그리고 술병이 떨어지는 순간!

섬광이 허공을 열십자로 갈랐다.

태극문 제자들은 모두 종리기진을 응시하며 눈 한 번 깜박이지 않았다.

무슨 일이 벌어진 걸까?

허공에 던져졌던 술병은 그가 가슴 높이로 뻗은 검 위에 얹어져 있었다.

겉모습은 종전과 다르지 않았다.

종리기진은 별일 없었다는 듯 술병이 얹어진 검을 탁자 위에 내려놓고 검만 옆으로 빼냈다.

"이제 당신 차례요."

돌아선 종리기진이 북궁천을 보며 말하고 걸음을 옮겼다.

그 때 탁자 위에 있던 술병이 스르르 무너지며 여덟 조각으로 갈라졌다.

단지 열십자로 번뜩이는 섬광만 보였는데, 언제 여덟 조각으로 갈라졌단 말인가.

더구나 탁자에 내려놓을 때까지 일절 미동도 없었으니 공력의 섬세한 조절은 누구라도 감탄할 만했다.

"아우의 검은 전보다 더 빨라졌군."

황보청도 감탄한 표정으로 칭찬을 늘어놓았다.

북궁천 역시 종리기진의 쾌검과 섬세한 공력 조절을 보고 뜻밖이라는 표정을 지었다.

어쨌든 이제 자신의 차례. 그는 자리에서 일어나 종리기진이 서 있던 곳으로 갔다.

그리고 잠시 허공을 바라보더니 검을 빼서 천천히 일자로 그었다.

사람들은 의아한 표정으로 그를 바라보았다.

허공을 그은 그가 검을 집어넣고 몸을 돌려 제자리로 돌아오는 것이 아닌가.

대결을 포기한 걸까?

그런데 그 때, 황보청이 북궁천이 서 있던 곳에서 이 장가량 떨어진 곳으로 달려갔다.

그는 바닥을 바라보더니 종리기진을 향해 고개를 저었다.

"아우가 진 것 같군."

종리기진은 훌쩍 몸을 날려서 황보청의 옆에 내려섰다. 그리고 그의 시선이 가리키는 곳을 보고는 이를 악물었다.

"살아서 여기까지 날아온 것 같네."

황보청이 그에게 말했다.

바닥에는 작은 파리 한 마리가 떨어져 있었는데, 몸뚱이가 가로로 갈라져 있었다.

파리는 자신의 몸이 두 조각으로 갈라진 줄도 모르고 열심히 날갯짓을 하며 그곳까지 날아온 듯했다.

분명 천천히 그었는데 어떻게 날아가는 파리를 정확하게 잘라낼 수 있단 말인가?

더구나 날개는 아무 이상이 없고, 몸이 두 쪽 난 파리가 살아서 이 장이나 날아가다니!

말로만 들었던 활검(活劍)의 경지란 말인가?

“형님 말씀대로…… 제가 졌습니다.”

종리기진은 순순히 패배를 시인했다. 자신은 아무리 노력해도 파리를 저런 식으로 벨 수 없었다.

황보청은 종리기진의 어깨를 툭 치고는 몸을 돌렸다.

“정말 내 아우가 되고 싶소?”

“그렇습니다.”

북궁천은 황보청을 빤히 바라보았다.

마음에 드는 성격이다. 중원에서 유명한 세가의 아들이라면 목에 힘을 줄 법도 한데 전혀 그런 표를 내지 않는다.

‘중원 중심에 동생 하나쯤 두는 것도 괜찮겠지.’

북궁천은 복잡하게 생각하지 않고 황보청의 청을 받아들였다.

“좋아, 그럼 그렇게 하세.”

황보청이 활짝 웃으며 공수의 예를 취했다.

“감사합니다, 대형!”

“이제 그쯤하고 앉게.”

자연스럽게 흘러나오는 하대. 그럼에도 누구 하나 거부감이 느껴지지 않았다.

천성이 대형 체질인가?

이정한 등은 오죽하면 그런 생각이 들 정도였다.

그 때 황보청이 종리기진에게 말했다.

“뭐 해? 대형께 정식으로 인사드리지 않고.”

종리기진도 두 손을 맞잡았다.

아직 못마땅한 게 없는 건 아니지만, 의형으로 모시고 있는 황보청이 대형으로 모신 이상 그로선 선택의 여지가 없었다.

“종리기진이 대형께 인사드립니다.”

파리 한 마리 잡아서 동생을 둘이나 둔 북궁천은 다시 술병을 잡았다.

“생각지도 못했던 동생이 둘이나 생겼군. 하나만 말하지. 호형호제는 자네들과 나 사이의 일일 뿐이라는 점을 명심하게.”

가문과 세력, 주위 다른 사람들과는 연관 짓지 말라는 말.

황보청으로서도 거부할 이유가 없었다.

“알겠습니다.”

이정한도 차라리 그게 편했다. 그는 황보청의 형 노릇 할 자신이 없었다.

‘근데 대형은 수련할 때 파리를 잡으면서 했나? 초강에게 한 수 보여 줄 때도 파리를 잡더니……’

엉뚱한 일이 벌어지는 사이 객잔의 난장판이 다 정리되었다.

쓰러져 있던 자들은 뒷마당에 대충 끌어다 놓았고, 부서진 탁자도 모두 치워졌다.

그리고 곧 점소이가 요리를 들고 왔다.

북궁천이 이정한에게 거취 문제를 꺼낸 것은 식사가 끝나 갈 즈음이었다.

"나는 남양으로 갈 생각이네. 자네들은 어떻게 할 건가?"

문제는 남양이 종착지가 아니라는 것이다. 이정한도 그걸 알기에 고민이 아닐 수 없었다.

하지만 선택의 시간은 길지 않았다. 아직 시간도 여유가 있었고, 더 배워야 할 것도 많았다.

"대형을 따라가겠습니다."

"힘든 길이 될지도 모르네."

"각오하고 있습니다."

그 때 황보청이 눈을 반짝이며 말했다.

"저도 따라가겠습니다. 종리 아우도 같이 갈 거지?"

종리기진은 '남양'이라는 말이 나올 때부터 그렇게 될 줄 짐작하고 있었다.

그는 한숨을 내쉬며 고개를 끄덕였다.

"후우, 형님이 간다면 저도 가야죠."

"개인적인 일로 가는 거니까, 자네들은 함께 가지 않아도 되네."

북궁천은 그들의 동행을 강요하지 않았다. 그리고 당연히 받아들일 거라 생각했다.

그런데 황보청이 눈을 부라리며 말했다.

"무슨 소립니까? 동생으로 삼은 지 하루 만에 저희를 내팽 개치겠단 말씀이십니까?"

누가, 언제 내팽개쳐?

북궁천은 황보청의 지나친 반응이 이상하게 느껴졌지만 그 의 청을 마다하지는 않았다.

하남에 대해선 그들이 태극문 제자들보다 훨씬 잘 아는 만 큼 최소한 길을 헤매는 일은 없을 테니까.

"함께 가고 싶다면 마음대로 하게."

"감사합니다, 대형."

황보청은 활짝 웃으며 답했다. 마치 환호라도 지르고 싶은 표정이었다.

'흐흐흐, 석 달 만에 예매를 볼 수 있겠군.'

북궁천이 그런 황보청을 보며 물었다.

"황보 아우는 남양에 대해서 잘 아나?"

"남양 사람만큼은 아니어도 어지간한 자들보단 잘 알죠."

"그럼 남양 일대의 강호 세력에 대해서도 잘 알겠군. 몇 가 지 알아볼 게 있는데, 우린 남양이 초행이니 자네가 좀 도와 줘야겠네."

"하하하, 그런 일이라면 걱정 마시고, 찾아가고 싶은 곳 있 으면 어디든 말씀하십쇼."

자신만만한 황보청의 대답에 북궁천도 흡족해했다.

'아우로 삼길 잘했군. 실력도 쓸 만하고, 많은 도움이 되겠

어.'

　객잔에서 밤을 보낸 북궁천 일행은 아침 식사를 하며 황보청과 종리기진을 기다렸다.

　그런데 젓가락을 놓기도 전에 황보청이 득달같이 객잔으로 들어오더니 출발을 재촉했다.

　"대형, 식사 다 하셨으면 빨리 가죠."

　"식사야 거의 다 끝났지. 그런데 왜 그리 서두르는 건가?"

　"남양까지 가려면 서둘러야 하지 않겠습니까? 하, 하, 하."

　황보청은 북궁청에게 말하고 머쓱하게 웃었다.

　그 모습을 보고 종리기진은 쓴웃음을 지었다.

　갈 길이 멀어서 서두르는 것이 아니다. 북궁천이 자신들을 떼어 놓고 갈 것이 염려되어서 일찍 온 것도 아니다.

　황보청은 부친이자 황보세가의 가주인 황보중에게, 새로 생긴 대형을 따라서 남양에 간다고 말했다.

　그런데 황보중이 그 말을 듣고 대노했다.

　하라는 수련은 안 하고 술만 퍼먹고 돌아다니더니, 대 황보세가 가주의 아들이 이름도 없는 산서의 무사를 형으로 삼은 게 못마땅한 모양이었다.

　결국 황보중은 황보청에게 일 년간 폐관수련의 명을 내렸고, 황보청은 몰래 도망쳐서 객잔으로 달려온 것이었다.

　황보중의 명령을 어겼으니 이제 자신까지 덤으로 찍힌 상황. 종리기진은 한숨이 절로 나왔다.

'나도 모르겠다. 내 힘으로 막을 수 있는 것도 아니고……'

그는 황보청을 설득하는 걸 포기한 상태였다.

황보청이 악착같이 따라가려는 진정한 이유를 아는 것이다.

어쨌든 북궁천도 황보청이 서두르는 게 싫진 않았다. 그의 마음은 벌써 남양에 가 있었다.

그렇게 해서 북궁천 일행은 생각보다 반 시진 정도 일찍 정주를 출발했다.

第二章
준동(蠢動)

차가워지는 바람에 온 세상이 탈색되어 가는 계절.

동서로 길게 이어진 거산준봉이 석양빛에 황금빛으로 물들어 간다.

끝도 없이 펼쳐진 웅장한 산세.

"저 산이 소림사가 있다는 숭산이란 말이지?"

북궁천은 감탄한 표정으로 물으며 산을 올려다봤다.

지금까지 숱한 산을 봤고, 그중에는 눈앞에 있는 산보다 훨씬 더 높고 거대한 산도 많았다.

그러나 산을 보면서 은연중 엄숙함을 느끼기는 처음이었다.

오악 중 중악(中嶽), 태산북두 소림사를 품고 있는 숭산.

검을 찬 무사들이라면 누구든 한 번쯤 가 보고 싶은 산이

바로 앞에 있기 때문인가.

"예, 대형. 내일 구경해 보시겠습니까?"

황보청이 넌지시 제안했다.

하지만 북궁천은 소림사를 구경하는 것보다 남양으로 가

는 게 더 급했다.

"오늘은 숭산을 보는 것으로 만족하고, 소림사 구경은

다음에 하세."

북궁천 일행이 숭산의 관문인 등봉현에 도착한 것은 석

양이 붉게 물들 무렵이었다.

한창 때만 해도 등봉현에는 소림사를 방문하려는 무사들

과 숭양서원을 가려는 학사들이 오가는 사람의 반은 될 정

도로 많았다.

그러나 소림사가 제자들의 산문 출입을 자제시킨 지 오랜

세월이 흐르다 보니, 무사들은 거의 보이지 않고 학사들만

간혹 눈에 띄었다.

그런데 북궁천 일행이 등봉현을 동서로 가로지른 대로에

들어섰을 때였다.

두두두, 콰르르르.

어딘가에서 말발굽 소리와 함께 마차 바퀴 구르는 소리

가 들려왔다.

그리고 얼마 지나지 않아서, 마차 한 대가 무사 십여 명의 호위를 받으며 우측 길에서 나타났다.

붉은 기둥에 가죽으로 뒤덮인 지붕, 옆으로 늘어진 화려한 매듭. 전체적으로 고급스런 이두마차였다.

마부석 옆에는 파란색 깃발이 하나 꽂혀 있었는데, 펄럭일 때마다 '포(抱)'라고 수놓인 글자가 보였다.

십여 장 떨어진 곳에서 그 마차를 본 황보청이 의아한 표정으로 말했다.

"어? 저건 포원산장(抱原山莊)의 마차잖아?"

"아는 곳인가?"

북궁천이 마차를 보며 물었다.

"예, 대형. 전에 한번 장주인 서문 대협이 저희 세가에 온 적이 있습니다."

"포원산장이란 곳은 어떤 곳이지?"

"노산 포원산장은 삼성궁을 따르는 세력 중에서도 세 손가락 안에 들어가는 곳이죠. 특히 장주인 서문각 대협은 강호의 많은 사람들에게 존경받는 분입니다."

삼성궁이라는 말에 북궁천도 흥미가 인 표정으로 마차를 바라보았다.

마차의 문이 닫혀 있어서 안을 볼 수는 없지만, 호위무사들이 뛰어난 걸 봐서 귀한 신분을 지닌 자가 타고 있는 듯했다.

'려려도 뛰어난 무사들이 호위하고 있었다고 했지………'

다만 마차가 아닌 가마를 타고 있었다고 했다. 상아처럼 빛나는 하얀색 가마를.

그사이 마차는 우측으로 방향을 꺾었다.

그가 마차를 바라보고 있는데 황보청이 자신의 생각을 말했다.

"소림사에 다녀오는 길인가 본데요?"

"소림사에?"

"소림사 장로인 광원대사께서 서문 대협의 친형님이거든요. 그래서 큰일이 있을 때마다 가족들이 소림사를 방문하곤 하죠. 오늘은 무슨 일로 왔는지 모르겠습니다만."

누가 소림사를 방문했던 무슨 상관이랴.

그런데 북궁천은 이상할 정도로 마차에 신경이 쓰였다.

마치 운명의 끈이 이어져 있기라도 한 것처럼.

마차 안에는 사십 대 후반의 중년 여인과 스물서너 살 정도의 젊은 여인이 타고 있었다.

귀티가 흐르는 중년 여인은 푹신한 의자에 등을 기대고는, 만족한 표정으로 자신의 조카를 바라보았다.

조카는 정말 아름다웠다.

언뜻 보면 길거리를 가다 간혹 볼 수 있는 미녀들과 크게 다를 것이 없어 보였다. 그러나 그녀의 조카에게는 그 어떤 여인에게도 없는 신비한 아름다움이 존재했다.

눈을 보고 있으면 빨려들 것 같고, 입술을 보고 있으면 가슴이 뛰었다. 티 한 점 없는 옥빛 피부에 옴폭한 보조개, 적당한 콧날, 강렬한 아름다움보다 더 치명적인 내미지상(內美之象)을 지닌 여인.

여자인 자신이 봐도 눈을 떼기 싫은데 어떤 남자가 저 아이를 보고 욕심나지 않을까?

더구나 그녀는 자신의 조카가 천하제일을 다툴 청년의 여인이 된다는 게 너무나 마음에 들었다.

"이제 본가의 모든 절차를 끝냈으니 혼인식을 올리는 일만 남았구나."

그 말에 젊은 여인의 눈빛이 보일 듯 말 듯 흔들렸다.

하지만 여인의 마음을 알지 못하는 중년 여인은 자신의 기분만 한껏 즐겼다.

"호호호호, 대공자께서 기뻐하시는 모습이 눈에 선하구나. 몇 달 전부터 그렇게 너를 맞이하려고 애쓰셨는데 말이다. 좌우간 모든 게 너의 복이다. 오죽 좋아하면, 혼자가 아니라는 걸 알고도 너를 부인으로 삼으려 하겠느냐?"

중년 여인의 표정이 밝아질수록 젊은 여인의 눈빛은 어둡게 가라앉았다.

'저는 조금도 행복하지 않아요, 고모.'

그녀는 안개가 서린 눈을 숨기기 위해 고개를 돌렸다.

그녀가 검원장을 떠나온 이유는 자신의 몸속에 새로운 생명이 자라고 있다는 것을 알았기 때문이다.

북궁천이 알면 아기를 빼앗아 갈지도 모르는 일. 그녀는 그들의 이목이 닿지 않는 만 리 떨어진 곳으로 가서 몰래 아이를 낳을 생각이었다.

처음에는 많은 갈등이 일었다.

굳이 그렇게까지 할 필요가 있을까 싶었다.

그러나 어머니로서 아이를 빼앗기는 걸 절대 용납할 수 없었던 그녀는 힘든 길이 되더라도 떠나기로 결심했다.

북천궁의 안주인이 될 마음이 없는 이상은 다른 방법이 없었다.

다행히 그녀는 만 리 길이나 되는 여행을 무사히 마치고 유일한 혈육인 고모를 만났다.

그리고 몇 달 후 아기가 태어났다.

아기를 낳은 그녀는 몸이 추슬러지면 검원장으로 돌아가려고 했다.

하지만 여섯 달이 지나도 떠날 수가 없었다. 선천적인 기맥으로 인해서 아기의 몸이 너무 약했던 것이다.

그녀는 아기가 건강해질 때까지 좀 더 머물기로 했다.

그런데 때마침 고모부의 생신 자리에 나타난 삼성궁의 대공자가 그녀에게 집착하기 시작했다.

그 후로는 모든 것을 그녀의 뜻대로 할 수가 없었다. 사사건건, 알게 모르게 대공자와 고모부가 그녀의 행동에 관여하기 시작한 것이다.

문제는 대공자였다. 자신의 눈에 비친 그는 알려진 것과 많이 달랐다.

'사람들은 너무 모르고 있어, 대공자가 어떤 사람인지.'

그렇다고 해서 자신이 느낀 그에 대해서 말할 수도 없었다.

아무도 믿지 않을 테니까. 아니, 안다 해도 모른 척할 것이 분명하니까.

가슴이 답답해진 그녀는 마차의 벽에 난 작은 창문을 조금 열고 밖을 바라보았다.

마차는 등봉의 거리를 빠른 속도로 통과하고 있었다. 마차에 바짝 붙어 있는 호위무사들 사이로 건물과 사람들이 스치듯이 지나갔다.

호위무사들을 바라보는 여인의 눈빛이 잘게 흔들렸다.

호위무사 중 절반은 포원산장의 무사들이 아니었다. 그들은 오래전부터 삼성궁의 대공자가 붙여 준 검신가의 고수들이었다.

혼사를 성사시키지 못해 안달하던 서문각은 그녀의 안전을 챙기는 대공자의 마음씀씀이를 칭찬했다.

하지만 대공자의 내심을 아는 그녀로선 그들의 존재가 조금도 반갑지 않았다.

그들에게는 그녀의 안전을 지키는 것 외에 또 다른 임무가 있었다.

그녀가 다른 마음을 먹지 못하게 감시하는 것.

그녀는 보이지 않는 새장에 갇힌 새였다.

훨훨 날아가고 싶어도 새장을 벗어날 수 없는 신세.

혼자였다면 상처를 입더라도 어떻게든 벗어나 보려 할 텐데, 지금은 그럴 수도 없으니 가슴만 아팠다.

'너무 방심했어.'

그 때 언뜻, 호위무사들 사이로 저만치 서서 이야기를 나누는 낭인들이 눈에 들어왔다.

"대형. 곧 어두워질 것 같은데, 여기서 하루 지내고 가실 겁니까?"

황보청의 질문에 북궁천은 마차에서 시선을 떼고 되물었다. 마차 안의 여인이 창문을 연 것은 바로 그 때였다.

"남양까지 얼마나 걸리지?"

"빨리 달려도 이틀은 가야 합니다."

"중간에 쉴 만한 곳이 있나?"

"아마 노숙을 해야 할 겁니다. 차라리 여기서 자고 아침 일찍 출발하지요."

"그래? 그럼 그렇게 하세."

여인의 눈빛이 가늘게 떨렸다.

순간적으로 지나쳐서 자세히 보진 못했지만, 커다란 덩치 뒤에 서 있던 사람은 상당히 키가 컸다. 당당한 체구는 아니어도 그 사람만큼이나 큰 것 같았다.

'그 사람은 어떻게 지내고 있을까? 지금쯤은 나를 잊었겠지?'

그 때 중년 여인이 그늘진 그녀의 표정을 보고 말했다.

"대공자께서 진아를 데려간 것 때문에 걱정되느냐? 너무 걱정 마라. 다 너와 진아를 위해 그런 것이니까. 삼성궁에서 신경을 쓴다면 진아의 병쯤은 금방 낫게 될 거다. 그리고 네가 혼자가 아니라는 걸 알면 사람들이 너를 하찮게 생각할 것 아니냐? 호호호호, 정말 생각도 깊으시지. 진아에 대해 아는 사람이 거의 없으니 너는 아무 걱정 말고 행복하게 살아라. 네 고모부, 아니 양부가 대공자와 너를 맺어 주려고 할 때는 그만한 이유가 있느니라."

여인은 중년여인의 수다를 들으며 창문을 닫고 의자 깊숙이 몸을 기대며 눈을 감았다.

대공자가 진아에게 관심을 보일 때 조심했어야 했다. 그런데 한순간의 방심이 모든 것을 뒤틀어 놓았다.

자신이 대공자의 집요한 청혼을 거부하자 서문격과 대공

자가 진아의 병을 이용한 것이다.

'고모는 그 사람을 너무 몰라요.'

그런데 고모부, 이제는 양부가 된 서문격은 대공자가 어떤 사람인지 알고 있을까?

그녀의 기다란 속눈썹이 바람도 없는데 파르르 떨렸다.

마차가 멀어지자 북궁천도 몸을 돌렸다.

그런데 왠지 모르게 가슴이 답답했다.

그는 고개를 다시 돌려 마차를 바라보았다.

청력을 집중해서 마차 안에서 들리는 말이라도 들으면 누군지 알 수 있지 않을까 싶었다.

하지만 마차는 이미 방향을 돌려서 모습을 감추고 있었다.

'일개 마차의 호위치고는 지나칠 정도로 강한 자들이다. 누가 타고 있기에 그런 자들이 호위를 하는지 모르겠군.'

그 때 황보청이 그를 불렀다.

"대형, 저쪽 객잔으로 갑시다. 근처에서는 저 객잔의 방에서 숭산의 경치가 제일 잘 보입니다. 뭐, 술맛도 제일 좋고요. 하하하."

＊　　＊　　＊

등봉의 객잔에서 하룻밤을 지낸 북궁천 일행은 아침 일찍 객잔을 나섰다.

"대형, 정말 그냥 가실 겁니까? 여기까지 오셨으니 소림사 구경은 하셔야죠."

객잔을 나서자마자 황보청이 채근했다.

북궁천은 고개를 돌려 숭산을 바라보았다.

하루 정도 아니, 한나절 정도 남양에 늦게 간다 해서 무슨 일이 있을까 싶었다.

그런데 이상할 정도로 조급증이 일어서 소림사가 아니라 황궁이라 해도 구경할 마음이 나지 않았다.

"오늘은 그냥 가세."

북궁천이 단호하게 말하고 돌아서자, 황보청은 어깨를 으쓱하며 아쉬움을 털어 냈다.

"대형께서 싫다면 어쩔 수 없죠."

그렇게 숭산을 뒤로 한 채 등봉을 빠져나온 그들은 곧장 남쪽으로 길을 잡았다.

그런데 관도를 따라 얼마쯤 갔을까, 저만치 앞쪽에서 달려오는 사람들이 보였다.

펄럭이는 옷자락, 번쩍이는 머리. 멀리서 봐도 한눈에 승려라는 것을 알 수 있는 차림새였다.

일반적으로 승려들이란 움직임을 서두르는 사람들이 아니다. 그런데도 그들은 무엇이 그리 급한지 남의 눈도 의식

하지 않고 경공술을 펼치며 날듯이 달려왔다.

그 바람에 북궁천 일행과 빠르게 가까워졌다.

황보청은 그들과의 거리가 십여 장으로 줄어들자 반색하며 소리쳤다.

"대정 스님이 아니십니까?"

달려오는 승려는 모두 다섯. 똑같은 승복을 입고 머리마저 삭발을 한 터라 멀리서 보면 비슷비슷했다. 그런데 그들 중 뒤쪽에 아는 사람이 있는 것이다.

승려들은 황보청의 외침을 듣고 걸음을 늦췄다.

그들 중 삼십 대로 보이는 승려가 황보청을 보며 말했다.

"아미타불. 황보세가의 시주가 이곳에는 어인 일이오?"

"하하하, 대형을 모시고 여행을 가는 길입니다."

소림사의 제자들은 덩치 큰 청년이 황보세가 사람이라는 말을 듣고 의외의 표정을 지었다.

그 때 황보청이 물었다.

"숭산이 코앞인데, 무슨 일로 그리 급하게 달려가시는 겁니까?"

대정의 눈빛이 찰나간 흔들렸다. 말해도 되는 것인지 고민하는 듯했다.

그런데 그의 옆에 있던 승려가 말했다.

"천사교가 준동했다 하오. 맹에서 전령을 보냈다 하니 곧 황보세가에도 소식이 전해질 거외다. 여행은 나중으로 미루고 세가로 돌아가는 게 어떻겠소?"

순간 황보청의 눈이 왕방울처럼 커졌다.

천사교(天邪敎)는 이십여 년 전에 무림맹을 뒤흔든 천사종(天邪宗)이 세운 사교다.

그들이 다시 준동했다는 사실은, 그 자체로 무림맹의 주축이었던 구대문파와 오대세가에게 청천벽력이었다.

"그게 사실입니까?"

"이미 종남과 화산이 그들에게 위협받고 있는 상황이라 하오. 빈승들은 장문인께 급히 소식을 전해야 하니 이만 가보도록 하겠소."

"그럼 다음에 보지요. 아미타불."

대정도 황보청을 향해 반장을 취하고는 몸을 돌렸다.

떠나가는 소림 제자들의 뒷모습을 바라보는 황보청의 눈빛에 갈등이 일었다.

하지만 그는 깊게 고민하지 않았다.

"대형, 그만 가죠?"

"돌아가지 않아도 괜찮겠나?"

"제가 간다고 해서 달라질 것도 없는데요, 뭐."

혼이나 안 나면 다행이지.

그리고 그에게는 남양에 가는 것을 포기할 수 없는 나름의 이유가 있었다.

$$* \qquad * \qquad *$$

늦가을비가 추적추적 내리는 날 오후, 이십 대 청년 여섯 명이 남양성에 들어섰다.

그들은 비를 막기 위해서 대나무로 만든 챙이 넓은 갓을 쓰고 있었는데, 다름 아닌 이틀 전에 등봉을 출발한 북궁천 일행이었다.

남양성에 들어선 그들은 황보청을 앞세우고 동서로 뻗은 대로로 들어섰다. 황보청이 잘 아는 곳이 있다며 객잔에 머무는 것보다 나을 거라 해서 그곳으로 가는 것이었다.

잠시 후. 서너 채의 건물이 들어선 작은 장원 앞에 도착한 황보청은 옷매무새를 가다듬었다.

장원의 정문 위 현판에는 '선유원(仙儒院)'이라는 글자가 용사비등(龍蛇飛騰)의 멋진 글씨체로 쓰여 있었다.

황보청은 젖은 머리카락까지 깔끔하게 다듬은 후에 문을 두드렸다.

탕탕탕!

얼마 지나지 않아 안쪽에서 대답이 들렸다.

"누구요?"

"정주의 황보청이라 합니다."

곧 문이 열리고 쉰 살가량의 중년인이 문을 열었다.

"어이구, 정말 황보 공자시군요. 들어오시지요."

황보청은 마치 자기 집에 들어가는 것처럼 당당하게 안으로 들어갔다.

"대형, 들어오십쇼."

"그간 강녕하셨습니까, 원주님."

황보청은 백색 장삼을 입은 중년인을 향해 공손히 인사를 올렸다.

중년인이 묘한 표정으로 황보청을 보며 답했다.

"나야 변함없지. 그런데 황보 공자는 무슨 바람이 불어서 예까지 왔는가?"

"대형께서 남양에 볼일이 있다기에 따라왔습니다."

"예아 때문에 온 것은 아니고?"

중년인이 던진 뜬금없는 말 한마디에 정곡을 찔린 황보청은 머쓱한 웃음을 지었다.

"하, 하, 하. 뭐, 그런 이유도 조금은 있지요."

"조금이라. 예아를 만나는 것보다 더 중요한 일인가 보군. 그것 참 다행이야. 난 또 우리 예아를 괴롭히려고 온 줄 알았지."

"예? 제가 언제 예매를 괴롭혔단 말씀이십니까?"

"저번에 그러더군. 황보 대협의 회갑 잔치에 갔을 때, 자네가 어찌나 바짝 붙어서 졸졸 따라다니는지 얼굴이 화끈거려서 혼났다고 말이야."

"에이, 그것은 대인께서 잘못 아신 겁니다. 저는 예매를 보호하기 위해 호위를 한 것입니다."

"예아는 그렇게 말하지 않던데? 술 냄새 풍기면서 얼굴을 들이대는 것도 호위하는 방법인가?"

"그, 그건 예매의 얼굴에 뭐가 묻어서……."

"험, 좌우간 머무는 것은 뭐라 하지 않겠네만, 조용히 있다가 가게. 마음 약한 예아 괴롭히지 말고."

황보청은 할 말이 많았지만 가슴속에 묻어 두었다.

고슴도치도 자신의 자식은 예쁘게 보이는 법. 아버지의 눈에는 아무리 사나운 딸도 귀엽게 보이는 법이니까.

"저, 그런데 예매는 어디 갔습니까?"

"요즘 신부 수업 중이네. 혼기가 찼으니 좋은 남자 골라서 시집보낼 생각이야."

헉!

대경한 황보청은 어색한 미소를 지으며 말했다.

"굳이 서두를 이유가 있겠습니까? 일이 년 정도는 더 여유가 있을 텐데요."

"그럼 스물다섯 살이 될 때까지 그냥 놔두란 말인가? 그러다 아무도 안 데려가면 어쩌라고?"

"걱정 마십시오! 그때가 되면 제가………."

"자넨 안 돼."

단호한 거부.

얼굴이 붉어진 황보청은 울상이 되었다.

"원주님……."

"혹시 모르지. 술을 끊는다면 생각이 달라질지도. 그도 아니면 강호에서 자네의 뛰어남을 증명해 보이든가."

첫 번째는 솔직히 힘든 일이었다. 그러나 두 번째라면 어떻게 될 것도 같았다. 마침 이번에 절세의 고수를 대형으로 모시지 않았는가 말이다.

"좋습니다. 가까운 시일 내에 반드시 제 능력을 증명해 보이겠습니다."

"단, 결정은 예아가 내릴 것이니 그리 알게."

절반의 허락. 그것만 해도 어딘가?

황보청은 힘차게 대답했다.

"알겠습니다, 원주님!"

중년인은 못 미더운 눈빛으로 황보청을 흘겨보고는 시선을 황보청의 뒤로 돌렸다.

"그런데 저 사람들은 처음 보는군."

"아! 제가 이번에 대형으로 모신 분과 그분의 의형제들입니다."

중년인은 북궁천을 보고 한동안 시선을 돌리지 못했다.

선유원은 강호에 거의 알려지지 않은 곳이지만, 그곳의 주인인 백선수사(白鮮修士) 유원당은 강호명숙 사이에서 유명한 사람이었다.

무공과 학문이 동시에 뛰어난 사람. 명예에 욕심이 없어 세상에 나오지 않는 사람. 세상에 나오면 제갈세가와 그 지혜를 다툴 수 있는 사람.

그게 강호·명숙이 평하는 유원당인 것이다.

그런데 그런 유원당이 북궁천을 보고 충격을 받았다.

'대단한 관상이군. 황보청이 대형으로 삼을 만해.'

그 때 황보청이 고개를 돌려 북궁천에게 말했다.

"대형, 이분은 백선수사라 불리시는 유원당 어른이십니다."

북궁천은 담담히 포권을 취했다.

"단화린입니다. 머무는 걸 허락해 주셔서 감사합니다."

"어차피 남은 방을 내준 것이니 너무 부담 가질 것은 없네. 그런데 고향이 산서………? 아니지, 그보다 더 북쪽 같은데, 맞나 모르겠군."

유원당은 몇 마디만 듣고도 북궁천의 고향을 정확히 짚어 냈다. 나름대로 사투리를 숨겼거늘. 세상의 온갖 사투리를 알고 있지 않다면 힘든 일이었다.

감탄한 북궁천은 솔직히 대답했다.

"맞습니다."

"그 먼 곳에서 이곳까지 무슨 일로 온 건가?"

"사람을 찾으러 왔습니다."

"단 공자와 무척 가까운 사람인가 보군."

북궁천은 쓴웃음을 지으며 답했다.

"그렇다고 할 수도 있고, 아무것도 아닌 사이일 수도 있지요."

"여자인가?"

북궁천은 유원당을 무심한 눈으로 지그시 바라보았다.

북천궁에도 뛰어난 사람은 많았다. 그러나 그들 중 누구도 유원당처럼 간결한 질문만 가지고 핵심을 파고드는 사람은 없었다.

"그렇습니다."

그리고 유원당은 적당한 선에서 물러설 줄도 알았다.

"부디 그 사람을 찾아서 잘되기를 바라겠네."

모든 것을 짐작한다는 투의 말.

북궁천은 가슴속이 훤히 드러난 기분이었다.

그러면서도 불쾌감을 주지 않고 말을 맺는 유원당을 보고 다시 한 번 감탄했다.

"감사합니다."

"황보 공자, 일행과 함께 유벽당으로 가게. 불편한 점이 있으면 이총관에게 말하고."

*   *   *

북궁천은 유벽당에 머물면서 가마를 타고 뛰어난 무사들

의 호위를 받는 미인에 대해 수소문해 보았다.

하지만 육 개월 전의 일을, 그것도 스쳐 지나간 일을 기억하는 사람을 찾는다는 건 쉬운 일이 아니었다.

그런데 이틀째 되던 날 오후, 황보청이 마침내 그녀의 존재에 대한 소식을 가지고 돌아왔다.

"대형이 말한 여인을 봤다는 사람을 찾았습니다."

"그래?"

북궁천은 들뜬 마음을 억누르고 최대한 담담한 목소리로 물었다.

"그는 어디에 있지?"

"지금 암평도국이라는 도박장에 있다고 합니다."

"직접 만나지 않았나?"

"다른 사람에게 말만 듣고 바로 이곳으로 왔습니다. 어차피 이곳을 지나가야 하는 길이어서요."

"그자가 그녀를 본 것은 어떻게 확신한다고 하던가?"

"술에 잔뜩 취한 상태에서, 가마를 타고 가는 그녀에게 접근하다가 하마터면 맞아 죽을 뻔했다 합니다. 그리고 그 말을 해 준 사람은 그자의 부러진 다리뼈를 치료해 준 의원입니다."

이정한 등은 아직 돌아오지 않은 상태였다.

북궁천은 그들이 오면 자신들이 올 때까지 기다리라는

말을 총관에게 남겨놓고, 황보청과 종리기진만 대동한 채
선유원을 나섰다.

헌원려려를 봤다는 자가 있는 암평도국은 미로와 같은
골목길 안에 있었다. 의외로 크기가 제법 컸는데, 황보청은
전에 와 보기라도 한 듯 잘도 찾아갔다.

"여기에 와 본 적이 있나 보군."

"두어 번 와 봤습니다만, 별 재미는 보지 못했죠."

황보청은 머리를 긁적이며 사실대로 털어놓고 도국 안으
로 들어갔다.

문을 열고 안으로 들어가자마자 퀴퀴한 냄새와 뿌연 연
기가 그들을 맞이했다.

"어떻게 오셨수?"

얼굴에 몇 줄기 선이 그어진 건달이 그들을 향해 다가오
며 물었다.

황보청의 커다란 덩치, 북궁천과 종리기진의 검을 본 그
는 평상시와 달리 고운 말투로 물었다.

오히려 그보다는 황보청이 더 건달다운 말투로 대답했다.

"도박하러 왔지, 뭐 하러 왔겠냐? 비켜, 임마."

기세에서 눌린 건달은 얼굴에 그어진 굵은 선을 몇 번 씰
룩이고 한쪽으로 물러났다.

그의 곁을 지나가던 황보청이 손을 쑥 뻗어서 그자의 멱
살을 잡아챘다.

“종두란 놈, 어디 있지?”

대항할 엄두도 내지 못한 채 코앞까지 끌려간 건달은 순한 양처럼 한쪽을 가리켰다.

“저쪽에 있습니다요.”

황보청은 씩 웃으며, 그의 입에 반짝이는 작은 은자 조각 하나를 넣어 주었다.

“순순히 말해 준 대가야. 나중에 술이나 사 먹어.”

맛만 보고도 은자라는 걸 알아챈 건달은 순식간에 얼굴이 밝아졌다.

“재미있게 노십시요, 공자님!”

황보청은 허리를 꺾으며 인사하는 건달의 어깨를 툭툭 두드려 주고 북궁천에게 눈짓했다.

“가시죠.”

북궁천은 새삼 황보청의 사람 다루는 재주에 감탄했다.

다른 것은 몰라도 밑바닥 사람 다루는 기술만큼은 자신보다 고수였다.

황보청은 도박판을 기웃거리며 도종두라는 자기 있다는 곳으로 접근했다.

손가락을 쥐었다 폈다 하는 걸 보니 손이 근질거리는 모양이었다.

‘잠깐만 놀자고 할까?’

그는 힐끔 북궁천을 바라보았다. 북궁천의 무심한 눈은

도종두가 있다는 곳만 바라보고 있었다.

'말해 봐야 씨알도 먹히지 않을 것 같군.'

그는 입맛을 다시며 도종두가 있는 도박판으로 향했다.

그곳에서는 네 사람이 도박을 하고 있었다.

황보청이 그곳으로 다가가며 한마디 했다.

"어이구, 수고들 많으시구만. 종두, 돈 좀 땄는가?"

두 사람은 눈알만 돌려서 힐끔 쳐다보고는 시선을 돌리고, 한 사람이 고개를 돌려서 황보청을 올려다보았다.

"누구슈?"

"자네에게 볼일이 있어서 왔지."

도종두는 황보청이 행여나 빚쟁이가 보낸 사람인 줄 알고 잔뜩 겁을 먹은 표정이었다.

"누, 누가 보내서 왔수?"

황보청이 씩 웃으며 말했다.

"우리 대형이. 잠깐 좀 볼까?"

도종두는 앞에 있는 두어 냥의 은자와 동전 몇 개를 움켜쥐고는 머뭇거렸다.

은자 두 냥을 잃은 그였다. 일어나기가 너무 아쉬웠다.

그가 망설이자 함께 도박하던 자들이 눈알을 부라렸다. 슬슬 운이 따라 주기 시작한 판에, 돈이 흘러나오기 시작한 호구를 데려가려는 북궁천 일행이 못마땅하게 보였다.

"이봐, 너희들 뭐야? 이제 패가 좀 나오려고 하는데 왜 방해하는 거야?”

“어이! 이 사람들이 판을 깨려고 하네!”

한 사람이 암펑도국의 무사를 불렀다.

한쪽에 서서 팔짱을 끼고 있던 건달 둘이 어슬렁거리며 다가왔다.

“뭐야? 뭔데 소란이야?”

하지만 북궁천은 그들에게 조금도 신경을 쓰지 않았다.

“종리 아우, 그를 데리고 가세.”

종리기진이 성큼성큼 걸음을 옮겼다. 그리고 불안한 표정으로 주춤거리는 도종두의 코앞까지 다가가서 말했다.

“대형께서 물어볼 것이 있으시다 하니 잠깐 우리를 따라가야겠소.”

“저, 저는 아무 잘못도……….”

불안에 떨며 눈알을 굴리는 그에게 북궁천이 말했다.

“묻는 대로 대답을 잘하면 은자 이십 냥을 주겠다. 기억을 완벽하게 할 수 있다면 삼십 냥을 받을 수 있을 거고. 선택은 그대가 해라.”

도종두의 눈의 휘둥그레졌다.

그 돈이라면 목숨이라도 걸 수 있었다. 아마 이 도박장에 있는 사람 중 반 이상은 그와 같은 마음일 것이었다.

“저, 정말 그 돈을 주신다면 어디든 따라 가겠습니다!”

그 때 가까이 다가온 건달 둘이 턱을 치켜들고 종리기진에게 다가갔다.

"멈춰! 당신들이 뭔데 열심히 놀고 있는 사람을 데려가려고 하는 거지?"

황보청이 그들의 앞을 막으며 가볍게 손을 저었다.

"아아, 당신들은 상관할 것 없어."

"뭐야? 이 새끼가!"

눈가에 칼자국이 깊게 파인 자가 눈을 부라리며 칼을 뽑았다.

"거, 말귀를 못 알아듣는군."

눈살을 찌푸린 황보청이 한 걸음 내디디며 상대의 팔을 번개처럼 잡아서 비틀었다.

혈을 짚인 건달은 얼굴이 일그러지며 칼을 놓쳤다.

그러자 또 다른 자가 달려들며 주먹을 휘둘렀다.

턱!

황보청은 넓적한 손으로 상대의 주먹을 움켜쥐고 힘을 주었다.

"손가락이 다 부서지면 밥 먹기도 힘들 텐데?"

"으으윽!"

손가락뼈가 부서질 것처럼 짓눌리자 건달의 얼굴이 시뻘게졌다.

그 때였다.

"멈춰라!"

냉랭한 외침과 함께 내실 쪽 회랑에서 네 사람이 도박장 안으로 들어왔다.

사십 대 중반의 중년인이 하나, 서른 전후의 장한이 셋.

그들 중 빼빼 마른 장한이 앞으로 나오며 비릿한 조소를 지었다.

“실력이 제법이군. 어디서 왔는지 몰라도 손님을 빼내 가는 건 실례가 아닌가? 좋은 말할 때 그 손님을 놓고 나가라. 그럼 용서해 주마.”

“용서?”

“원래 손님을 빼가는 놈은 팔다리 하나쯤 잘라야 하지만, 잘못을 인정하고 기어서 나간다면 그냥 보내 줄 수도 있지.”

빼빼 마른 장한은 거만하게 말하면서 칼을 움켜쥐었다.

“어이구, 대단한 곳이군. 그런데 그렇게 하기는 싫은데 어쩌지?”

“그럼 별 수 없지. 팔다리 중 하나를 잘라 주는 수밖에.”

황보청은 그 말에 씩 웃고는, 옆 탁자 위에 있는 동전을 하나 주워 들었다.

그리고 몽둥이 같은 손톱 사이에 끼운 후 툭 튕겼다.

퍽!

섬전처럼 날아간 동전은 조소를 짓던 자의 목을 스쳐서 기둥에 깊숙이 박혔다.

황보청은 다시 동전 하나를 손가락 사이에 끼며 아주 즐거워하는 표정으로 말했다.

"내 팔다리를 자른다고? 네 이마에 구멍이 뚫릴지 내 팔다리가 잘릴지 내기 한번 해 볼까? 네가 이마에 구멍이 뚫리고도 살아난다면 내 너를 할아버지라고 불러 주지."

안색이 하얗게 질린 장한은 칼을 한 뼘쯤 빼다 말고 석상처럼 몸이 굳었다.

그 때 사십 대 중반의 중년인이 앞으로 나섰다.

"물러서라. 네가 상대할 공자들이 아닌 것 같다."

그는 장한을 물러서게 하고 황보청을 노려보며 포권을 취했다.

"고수들이 왕림하셨는데 어리석은 수하들이 미처 몰라봤소이다. 나는 암평도국의 주인인 왕두평이라 하오. 어디에 계신 분들이신지 말씀해 주실 수 있겠소?"

황보청의 시선이 그를 향했다. 일개 도박장의 주인치고는 제법 강한 기운을 지닌 자였다.

"황보청이오."

"황보청?"

이름을 되뇌던 중년인의 눈이 점점 커졌다.

"혹시 정주 황보세가의 삼공자?"

"그냥 남들처럼 도란공자라고 부르쇼."

중년인의 표정이 일그러졌다.

단순한 날건달 정도로 여겼거늘, 저자가 정주의 말썽꾸러기로 유명한 도란공자라니.

"황보 공자께서 이곳에는 무슨 일로 오셨소?"

"대형께서 저자에게 볼일이 있다 하셔서 모시고 온 거요. 바쁘니까 간단하게 말하겠소. 계속 막을 거요?"

왕두평은 쓴웃음을 지으며 고개를 저었다.

"이 왕 모가 어찌 황보 공자의 앞을 막을 수 있겠소?"

"하하하, 정말 잘 생각하셨소. 사실 본 공자도 시끄러워지는 건 아주 싫어하는 사람인데 말이오. 대형, 그만 가시지요."

황보청이 고개를 돌리며 말하자 북궁천이 내실 쪽을 둘러보며 입을 열었다.

"밖으로 나갈 것 없이 이곳에서 일을 마치는 게 나을 것 같네."

그러고는 왕두평을 서늘한 눈빛으로 바라보았다.

"조용한 방이 있으면 좋겠는데, 혹시 안쪽에 조용한 곳이 있나 모르겠군."

왕두평은 암평도국을 이루면서 수많은 난관을 거친 노회한 인물이었다.

남들이 아는 것보다 무공도 훨씬 강하고, 남양의 흑도에서 차지하는 비중도 막대했다.

하지만 그런 그도 북궁천과 눈이 마주친 순간 숨을 쉴

수가 없었다.

'맙소사. 저자는 우리가 어떻게 할 수 있는 자가 아니다.'

북궁천이 고의로 기세를 드러낸 것도 이유였지만, 그의 기세는 사마외도의 사람들에게 상대적으로 더 위협적이었다.

결국 북궁천의 기세를 견디지 못한 그는 호랑이 앞의 새끼 늑대처럼 힘없이 고개를 떨궜다.

"있소이다. 제가 안내할 테니 따라오시구려."

왕두평은 북궁천 일행을 도국 가장 깊숙한 곳에 있는 자신의 방으로 안내했다.

그의 방은 도박장 주인의 방치고는 화려하지 않았다.

화려하기는커녕 답답한 기분이 들 정도로 조용했고, 장식은 어두운 색 일색이어서 간이 작은 사람은 공포심을 느낄 정도였다.

그 때문인지 주눅이 든 도종두는 젖 먹던 시절의 기억까지 짜내기 위해 혼신의 힘을 다했다.

"그러니까 그 가마를 본 것은 여름이었습니다요. 술이 취하긴 했지만 그날의 기억만큼은 선명합죠."

북궁천은 듣기만 하고, 황보청이 그를 상대했다.

"듣자 하니 그날 처음 본 것이 아니라고 했다던데, 어디서 또 봤지?"

"그녀를 막 봤을 때는 처음 본 여자인 줄 알았는데, 자세히 보니 전에 본 여자더라고요. 그렇게 많이 꾸미지도 않았는데 어찌나 달라 보이던지 제 눈을 의심했다니까요?"

"잡소리 치우고, 어디서 봤냐니까?"

황보청이 다그치자 도종두는 필사적으로 기억을 더듬었다.

"봄꽃이 만발할 때였으니까 일 년 육 개월쯤 된 것 같구먼요. 백부님을 만나 뵈려고 여양 가는 길에 여주에서 무사 몇 명의 호위를 받으며 마차 한 대가 지나가는 걸 봤습죠. 그런데 마차 안에 타고 있는 여인이 어찌나 아름다운지 한동안 다른 것은 눈에 들어오지도 않았습죠. 옆에 호위무사만 없었어도 어떻게든 붙잡고 이야기를 해 봤을 텐데……그 하얀 배꽃처럼 청초한 모습은 정말이지, 아……."

몽롱해진 도종두의 얼굴이 발갛게 상기되었다.

그 모습을 본 황보청이 탁자를 탕탕 두드리며 짜증내듯이 말했다.

"열 냥 깎아야겠군. 뭔 서두가 그리 길어?"

순간 도종두가 재빨리 말을 돌렸다.

"그런데 마침 호위무사가 길거리에서 장사하는 사람에게 길을 물어보지 뭡니까. 그래서 마차가 지나간 다음에 장사하는 사람에게 물어봤죠. 그 호위무사가 어디 가는 길을 물어봤냐고요."

그 때, 팔짱을 낀 채 묵묵히 듣고만 있던 북궁천이 나직이 물었다.

"그랬더니?"

도종두는 방금 전에 들은 말인 양 확신에 찬 어조로 답했다.

"노산으로 가는 길을 물어봤다더군요."

북궁천은 서른 냥을 줘서 도종두를 내보내고 왕두평을 불러들였다.

"이 왕 모에게 하실 말씀이라도 있소, 공자?"

방 안으로 들어온 왕두평은 조심스럽게 물으며 북궁천의 맞은편에 앉았다.

북궁천은 무심한 눈빛으로 그를 직시한 채 말했다.

"한 사람의 행방을 조사해 줘야겠소."

왕두평은 탁자 밑의 두 손을 움켜쥐었다.

부탁이 아니었다.

명령, 거부할 수 없는 명령이었다.

그는 무의식중에 구부러지려는 허리를 가까스로 세우고 입을 열었다.

"누굴 찾으려고 하시는지……."

"이름은 헌원려려. 나이는 스물다섯. 약 일 년 육 개월 전 여주에서 노산 쪽으로 갔다고 하오. 그리고 육 개월 전에는 뛰어난 호위무사를 거느린 채 가마를 타고 남양을 지나가기도 했고."

"그게 전부요?"

"아주 아름다운 여자요. 세상 그 어떤 여자보다도."

왕두평은 자신도 모르게 움찔하며 북궁천을 바라보았다.

'눈에 콩깍지가 끼면 어떤 여자든 다 그렇게 보이는 법이지.'

아마 수하였다면 대놓고 말하며 한 대 쥐어박았을 것이다.

그러나 그는 주먹을 드는 대신 질문을 던졌다.

"언제까지 찾아야 하는 거요?"

"최대한 빨리. 부하들이 제법 많고, 이런저런 소문에 밝을 것 같은데……."

"그 여자를 찾아 주는 대가는?"

"언제든, 당신을 한 번은 살려 주지."

누가 들어도 어이없는 조건이었다. 광오하다 못해 제정신이 아닌 것처럼 보일 정도.

오죽하면 황보청이 힐끔거리며 입맛을 다실까.

하지만 왕두평은 그 말을 비웃지 못했다. 순순히 받아들이지도 않았지만.

"그보다 다른 일을 하나 처리해 주시오."

"다른 일?"

"한 사람을 처리해 주시오. 그럼 내가 할 수 있는 한 모든 힘을 동원해서, 최대한 빨리 공자의 말을 이행하겠소."

"누군지 말해 보시오. 들어 보고 결정하겠소."

악인이 아니라면 죽일 수 없으니까.

왕두평은 숨을 들이쉬고 한 사람의 이름을 꺼냈다.

"혈귀수(血鬼手) 나홍백이오."

북궁천은 황보청을 바라보았다.

"아우, 나홍백이란 자의 평은 어떤가?"

황보청이 조금 질린 표정으로 고개를 저으며 답했다.

"그야 백 번 죽어도 싼 작자죠. 너무 강해서 죽이기 힘들다는 게 문제지."

"그래? 그럼 죽여도 상관없겠군. 그런데 그가 너무 멀리 있다면 부탁을 들어줄 수 없을 것 같은데……."

"예? 대형, 정말 그를 상대하실 생각이십니까?"

황보청은 화들짝 놀라서 눈이 휘둥그레졌다.

나홍백은 마도의 절정고수였다. 단순한 절정고수가 아니라, 마도 서열 오십 위권에 들 정도의 초절정 경지의 고수.

말이 오십 위권이지, 그 정도면 정파의 대문파 장문인에 필적하는 고수가 아닌가.

북궁천이 강하다는 건 알지만 그를 죽이기는 쉽지 않을 거라는 게 그의 판단이었다.

북궁천이야 그런 걱정은 조금도 하지 않았지만.

죽어도 싸다는 말을 들을 정도면 얼마나 악독한 자인지 알 만했다. 그런 자는 대충 처리하는 것보다 죽이는 게 나았다.

대협이 되려면 그런 악독한 자들을 용서해서는 안 되지 않겠는가 말이다.

"한 사람을 죽여서 만인이 편해진다면 죽여야겠지. 그런데 어디에 있는지 모르겠군."

그 때 왕두평이 북궁천의 고민을 덜어 주었다.

"그건 걱정하지 않아도 되오. 그자는 지금 이곳 남양에 있으니까."

第三章
흔적(痕迹)· 그리고……

암평도국을 나선 북궁천은 황보청, 종리기진과 함께 북쪽으로 방향을 틀었다.

혈귀수 나홍백은 남양성 북로의 환락가를 지배하고 있는 환락방에 기거하고 있다고 했다.

어느덧 해가 지고 짙은 어둠이 깔리기 시작하는 시간. 은밀히 누군가를 찾아가기에는 적당한 때였다.

'그래도 흑도 무리치곤 정이 있는 자군.'

왕두평에게는 나홍백을 죽일 만한 확실한 이유가 존재했다.

그는 십여 년 전부터 어둠의 거리에서 살아가는 아이들을 거두어 키운다고 했다.

그런데 사흘 전, 나홍백이 그의 아이들 중 어린 계집아이 둘을 간살했다고 한다.

그 사실을 안 그는 나홍백을 찢어 죽이고 싶었지만, 그가 지닌 힘으로는 어림도 없기에 이를 갈며 때를 기다리는 수밖에 없었다고 한다.

북궁천은 그 말을 듣고 더욱더 나홍백을 향한 살심이 솟구쳤다.

나홍백은 오십이 넘은 중늙은이였다. 그런 놈이 아홉 살 먹은 어린 여자아이를 간살하다니!

열두 토막 나서 죽어도 싼 놈이었다.

잠시 후.

북궁천은 길게 뻗은 담장을 마주한 채 물었다.

"여긴가?"

황보청이 주위를 둘러보고 고개를 끄덕였다.

"저쪽에 환락방의 주 사업장인 환희루가 붙어 있는 걸 보면 맞는 것 같습니다."

"제가 먼저 들어가서 놈을 찾아보겠습니다."

종리기진이 그 어느 때보다 더 싸늘한 목소리로 말하고 담장을 향해 접근했다.

그런데 북궁천이 손을 저었다.

“아아, 번거롭게 그럴 필요 없이 그냥 들어가세.”

그러고는 훌쩍 몸을 날려서 삼 장이나 떨어져 있는 담장을 날아 넘었다.

황보청과 종리기진도 다급히 그의 뒤를 따라서 담장을 넘어 갔다.

북궁천은 마치 자신의 집에 들어온 것처럼 뒷짐을 지고 마당을 가로질렀다.

뒤따라가는 황보청과 종리기진은 그 모습을 보고 어이가 없었다.

간이 큰 건지, 아니면 그 정도 자신이 있다는 건지.

환락방이 비록 흑도 문파이긴 하나 함부로 무시할 수 있는 곳은 아니었다. 더구나 나홍백이 있다면, 또 다른 마도의 고수가 있지 말란 법도 없지 않은가 말이다.

그런데 북궁천은 한술 더 떠서 장원을 오가는 자를 붙잡고 물어보았다.

“이봐. 나홍백이 어디에 머물고 있지?”

상대는 별 미친놈 다 봤다는 듯 북궁천의 위아래를 훑어보았다.

혈귀수 나홍백은 방주조차 함부로 입을 놀리지 못하는 거물 중의 거물이었다.

방주가 그에게 매달 황금 스무 냥을 용돈으로 줄 때는

그만한 이유가 있는 것이다.

그런데 새파랗게 젊은 놈이 그런 나홍백을 옆집 친구 찾 듯 부르다니.

하지만 그는 너무나 태연한 북궁천의 질문에 막상 욕을 퍼붓지 못했다.

욕을 퍼붓기는커녕, 바라보는 눈빛에서 자신 같은 사람 은 흉내도 낼 수 없는 위압감이 흘러나오자 오히려 말을 조 심하며 물었다.

"뉘신데 그분을 찾는 거요?"

"그거야 알 것 없고. 어디 있냐니까?"

"저쪽 백낙원(伯樂園)에 계시긴 한데…… 어디 계신 분이 오?"

"곧 알게 될 거야."

북궁천은 담담히 말하고 몸을 돌려서 그자가 말한 곳으 로 향했다.

황보청과 종리기진은 그저 뒤만 따라갔다.

"누구지?"

뒤에서 들리는 의아해하는 목소리에 목이 근질거렸지만 뒤돌아보지 않았다.

어둠이 깔릴 때가 흑도의 무리들에게는 가장 바쁜 시간. 환락가는 더욱 더 그러했다.

그로 인해서 오가는 사람이 많지 않다는 게 그나마 두 사람에게는 다행이었다.

북궁천이 첫 번째 제지를 당한 곳은 백낙원이라는 별원의 입구에서였다.

그가 월동문을 통해 안으로 들어가려고 하자, 장한 하나가 거들먹거리며 다가오면서 차갑게 물었다.

"당신은 누군데 백낙원에 들어가려고 하는 거요?"

고개를 돌린 북궁천은 그를 바라보며 순순히 대답해 주었다.

"나? 나홍백의 목을 따러 온 사람."

"뭐, 뭐라고?"

다가오던 자가 눈을 크게 뜨며 말을 더듬었다.

"자네들이 처리해."

북궁천은 그를 황보청과 종리기진에게 맡기고 안으로 들어갔다.

그제야 정신을 차린 장한은 눈을 부라렸다.

"뭐, 이런 새끼들이 다 있어? 여기가 어딘 줄 알고……?"

순간, 종리기진의 등에서 한 줄기 검광이 번쩍이는가 싶더니, 장한은 더 이상 말을 잇지 못하고 하늘을 올려다보았다.

황보청은 스르르 무너지는 장한을 재빨리 잡아서 담장에 기대어 앉혀놓았다.

고개를 쳐든 그의 이마에는 두 치 길이의 혈선이 하나 그어져 있었다.

"너는 여기서 별이나 세고 있어."

황보청은 초점이 사라진 장한의 뺨을 톡톡 때려 주고 급히 북궁천을 따라갔다.

백낙원으로 들어가 별원의 중심에 다다를 즈음, 경비무사로 보이는 장한들이 어슬렁거리며 다가왔다.

밖에서 들린 소리를 들었는지 인상을 잔뜩 쓰고 있었다.

"넌 뭐야?"

"이곳에 나홍백이라는 자가 있다던데, 맞는지 모르겠군."

너무나 담담한 말투에 장한들이 멈칫거렸다. 그들이라 해서 다른 사람과 크게 다르지 않았다.

"안에 계시긴 한데…… 뉘슈?"

북궁천은 나홍백이 있다는 말에 만족스런 표정을 지었다.

"제대로 찾아왔군."

"누구냐고 묻잖소?"

장한들 중 하나가 고개를 모로 꼬며 다시 물었다.

그 때 황보청과 종리기진이 바짝 다가왔다.

"우리 대형."

황보청은 짧게 대답해 주고 성큼, 좌측을 향해 발을 내디

떴다.

동시에 종리기진도 우측을 향해 죽 나아갔다.

이판사판이었다. 사람들이 많이 몰려오기 전에 최대한 빨리 일을 마무리 지어야 했다.

"어? 이 새끼들이……!"

퍼벅! 쉬이익!

찰나간에 코앞까지 다가간 황보청과 종리기진은 망설이지 않고 손을 썼다.

하나는 허리를 반으로 접으며 저녁 식사를 모조리 자신의 사타구니에 쏟아 냈고, 하나는 일 장을 날아가서 재수 없게 머리로 정원석을 들이받았다.

그리고 종리기진의 검과 마주한 자들은 유성을 본 것 같은 착각을 느끼며, 칼을 반쯤 뽑은 채 그 자리에서 무너졌다.

북궁천은 그 사이를 지나서 전각으로 다가갔다.

덜컹!

전각의 문이 부서질 듯이 열린 것은 바로 그 때였다.

"웬 놈들이 소란을 피우는 거냐?"

뾰족한 목소리와 함께 앞가슴을 다 드러낸 자가 밖으로 나왔다.

위로 치켜 올라간 눈꼬리, 얇은 입술, 몇 가닥인지 셀 수 있을 것 같은 염소수염. 나이는 오십 대 중반 정도로 보이는 중늙은이였다.

왕두펑에게 들었던 인상착의와 똑같은 자.

'이자가 나홍백인가 보군.'

그의 뒤쪽으로 보이는 방 안의 광경은 가관이었다.

침상에 걸터앉아 있는 여인은 주요 부분만 겨우 가린 정도였고, 한 여인은 거의 벌거벗은 채 바닥에 쓰러져 있었다.

그런데 무슨 짓을 했는지 두 여인 모두 공포에 질린 표정으로 부들부들 떨고 있었다.

그 모습을 본 북궁천은 나홍백을 무심한 눈으로 노려보았다.

"당신이 나홍백인가?"

"죽일 놈이 어디서 함부로 주둥이를 놀리는 거냐!"

나홍백은 노성을 내지르며 훌쩍 몸을 날려서 북궁천을 덮쳤다.

동시에 갈고리처럼 구부린 손가락에서 사악한 기운이 쏟아져 나왔다.

북궁천은 마주 걸음을 내디디며 두 주먹을 교대로 내뻗었다.

후우웅!

권풍이 허공을 일그러뜨리며 나홍백의 사악한 기운을 향해 정면으로 부딪쳐갔다.

쿠구궁!

둔중한 소리와 함께 나홍백의 몸이 뒤로 튕겨졌다.

땅에 내려선 그는 자존심이 상했는지 눈을 역팔자로 치켜떴다.

"오냐, 이놈! 내 네놈의 간을 빼서 씹어 먹고야 말겠다!"

"확실히 죽어도 될 만한 늙은이군. 부담 없이 죽일 수 있어서 다행이야."

담담한 북궁천의 말에 나홍백은 노화가 솟구쳤다.

"이노오오옴!"

노성이 환락방을 뒤흔들고, 그의 주위로 회오리바람이 일었다.

콰아아아아!

퍼져 나가는 기운이 어찌나 섬뜩한지, 등골이 오싹해진 황보청과 종리기진은 자신도 모르게 뒤로 물러났다.

그들도 소문만 들었을 뿐 마도에서 오십 위 안에 드는 고수의 무공을 보는 것 자체가 처음이었다.

그런데 상상했던 것보다 그 위세가 훨씬 더 강력했다.

정파에서 오십 위 안에 드는 고수가 과연 저자를 상대할 수 있을까 싶을 정도인 것이다.

"조심하십시오, 대형!"

불안해진 황보청이 북궁천을 향해 소리쳤다.

바로 그 순간!

나홍백이 갈고리처럼 구부린 두 손을 앞으로 세우고 북

궁천을 덮쳤다.

"크하하하! 죽어라!"

북궁천은 날아드는 나홍백을 향해 한 발을 내디디며 두 주먹을 교차시켰다.

찰나였다. 머리통보다 훨씬 큰 거대한 두 주먹이 폭사하듯 뻗어 나가는가 싶더니, 나홍백의 사악한 기운이 허공에서 터져 나갔다.

콰아앙!

귀청을 먹먹케 하는 굉음이 어둠을 뒤흔들고, 나홍백의 몸이 뒤로 튕겨져 날아가 전각의 벽에 처박혔다.

반면 북궁천은 그 자리에서 발목까지 땅에 박혔는데, 천천히 발을 뺀 그는 뻣뻣이 선 채로 나홍백을 향해 미끄러지듯이 죽 나아갔다.

"어린아이들을 처참하게 죽였다고 들었다. 나홍백, 너는 그 애들보다 더 처참하게 죽어야 돼."

나직이 울리는 무심한 목소리.

벽을 잡고 겨우 몸을 일으킨 나홍백은 혼이 떨렸다.

"어, 어떻게 이런 개 같은 일이……."

그 때 거대한 손이 다시 그를 향해 떨어졌다.

그는 사력을 다해서 막아 봤지만, 갈가리 찢겨 나간 그의 혈맥에선 기운이 제대로 돌지 않았다.

퍼버벅!

"크어억!"

한순간에 오권을 두들겨 맞은 그는 몸이 벽에 반쯤 틀어박혔다.

북궁천은 거기서 멈추지 않고, 벽에 박힌 그를 향해 날아가며 발을 쭉 뻗었다.

만근 쇠망치 같은 뒤꿈치가 나홍백의 하복부에 꽂혔다.

쾅!

"끄악!"

하복부가 완전히 으깨진 나홍백은 처절한 비명을 내지르며 벽과 함께 안쪽으로 무너졌다.

작신 뭉개진 하체에서 흘러나온 핏물이 사방으로 번졌다. 떡 벌린 입에서도 울컥거리며 핏물이 쏟아졌다.

"지옥에 가서도 그딴 짓 할 생각 마라, 늙은이."

나홍백의 하체를 철저히 부숴 놓은 북궁천은 손을 털고 돌아섰다.

싸우는 사이, 무기를 든 환락방 무사 수십 명이 백낙원에 들어와 있었다.

하지만 그들은 나홍백이 처참하게 당한 모습을 보고는, 인세에 현신한 염왕이라도 본 듯 혼이 반쯤 빠져 있었다.

"가세, 아우들."

북궁천은 도, 창, 검 등 온갖 무기를 들고 있는 자들이 안 보이는지 그들이 있는 쪽으로 당당히 걸어갔다.

"비켜!"

나직하면서도 힘 있는 한마디에 환락방 무사들이 쫙 갈라졌다.

나홍백의 죽음은 즉시 왕두평에게도 알려졌다.

그는 나홍백이 정체불명의 고수에게 하체가 으깨진 채 처참한 죽임을 당했다는 소식을 듣고 대소를 터트렸다.

"와하하하하! 역시 내 짐작이 맞았군! 아주 대단한 공자야!"

그는 암평도국만 운영하는 것이 아니라 크고 작은 주루와 객잔들을 남양 곳곳에서 운영하고 있었다. 그리고 그곳의 주인과 점소이들이 모두 그의 수하들이었다.

암경회(暗鯨會).

환락방과 함께 남양의 흑도세력을 양분하고 있으면서도, 남들 앞에 나서지 않는다는 암경회의 실질적인 주인이 바로 왕두평이었던 것이다.

이제 나홍백이 죽은 이상 환락방은 기를 펴지 못할 터. 남양의 흑도를 평정하는 것은 시간문제였다.

단 한 사람으로 인해 복수와 소원을 한꺼번에 이룬 것이다.

북궁천에게 진심으로 굴복한 그는 모든 부하들을 풀고 현상금까지 걸어서 헌원려려에 대한 소식을 수소문했다.

“무조건 찾아라! 찾는 사람에게는 은자 백 냥을 줄 것이
다!”

*　　*　　*

선유원으로 돌아가자 이정한 등이 기다리고 있었다.
북궁천은 어딜 다녀왔느냐는 그들의 물음에 간단히 답했
다.
“그녀에 대해 안다는 사람이 있어서 만나러 갔다 왔네.”
“찾았습니까?”
북궁천은 천천히 고개를 끄덕였다.
“일단 어디로 갔는지 정도만 알아냈네. 하지만 머지않아
어디에 있는지도 알 수 있을 거야.”
“정말 잘됐습니다, 대형!”
세 사람은 자신들의 일인 양 좋아했다.
북궁천은 그런 세 사람을 보며 씁쓸한 표정으로 말했다.
“용천보에서 받은 돈 중 일부를 그 일로 썼네. 아우들의
뜻도 물어보지 않고 쓴 점, 이해해 주게.”
이정한이 쓸 데 없는 말 한다는 듯 손을 저었다.
“무슨 말씀을! 아무 걱정 마십시오. 그 돈을 다 써도 저희
는 불만이 없습니다.”
“고맙네. 어쨌든 사람들을 시켜 알아보라 했으니 며칠 여

흔적(痕迹). 그리고……　97

유가 있을 거야. 그동안 쉬면서 무공을 가다듬어 보도록 하
세."

세 사람이 상기된 표정으로 힘차게 대답했다.

"예, 대형!"

쏟아지는 햇살에 찬바람마저 따사롭게 느껴지는 아침.

조용하던 장원의 한쪽 구석진 방에서 앙칼진 목소리가
울렸다.

"왜 그렇게 위험한 행동을 해요?"

"내가 뭘? 대형께서 다 처리하시고 우리는 뒤치다꺼리만
했는데."

황보청은 황급히 변명하며 자신의 방정맞은 입을 원망했
다.

혈귀수 나홍백의 죽음이 너무 놀라워서 자랑 삼아 이야기
했는데 유소예가 성난 고양이처럼 야단을 친 것이다.

"정말 앞장서서 안 싸웠어요?"

"정말이라니까? 못 믿겠으면 기진 아우에게 물어봐."

황보청은 모든 책임을 북궁천에게 떠넘기고, 뒤처리는 종
리기진에게 맡겼다.

별수 없었다. 어영부영 속여 넘기기에는 유소예가 너무나
영악했다.

나중에 용서를 빌더라도 일단은 대형을 파는 수밖에.

종리기진이야 몇 번 당해서 그러려니 할 것이니 걱정할 것 없었다.

다행히 유소예도 더 이상 추궁하지 않았다.

“좋아요, 이번 한 번만 믿어 드리죠.”

“하, 하, 하. 고마워, 유 매.”

“근데 말이에요, 단 공자께서 정말 그렇게 강하세요?”

황보청은 전날 밤의 일을 떠올리고 고개를 설레설레 저었다.

“나도 솔직히 그 정도로 강할 줄은 몰랐어. 나홍백을 그렇게 죽이다니.”

“진짜 정체가 뭐예요?”

“나도 몰라.”

“대형이라면서요?”

“어.”

“아니, 대형이라는 분이 자신의 진실한 정체도 안 가르쳐 줘요?”

“나중에 말해 준대. 지금은 그럴 만한 이유가 있다면서.”

“그럼 헌원려려라는 여인은 왜 찾는 거죠?”

유소예는 집요하게 파고들었다.

작은 단서가 모이고 모이다 보면 언젠가는 답이 나오는 법. 그녀는 쉽게 포기하지 않았다.

“어릴 때 가까이 지낸 사이였나 봐. 그런데 그녀가 남쪽으로 내려간 후 연락이 끊겨서 생사조차 알 수 없게 되자 직접 찾으러 왔다고 해."

"서로 좋아하는 사이래요?"

"자세히는 몰라도, 그런 것처럼 보여."

"도대체 어떤 여인이기에 그녀를 찾아서 만 리 길을 떠나왔는지 모르겠군요."

그 때만큼은 유소예도 가슴이 찡했다.

사랑하는 여인을 찾아 만 리 길을 떠나온 남자.

이 얼마나 감동적이란 말인가!

그녀는 자리에서 일어나 창문가로 다가갔다. 마침 종달새 두 마리가 낙엽 떨어지는 나무 위에 앉아서 서로의 깃털을 손질해 주고 있었다.

'아, 나도 그런 남자를 만나고 싶었는데…….'

지금이라도 멀리 가 봐? 황보청이 찾아오나 보게?

하지만 황보청은 그녀의 마음을 알지 못한 채 무뚝뚝하게 말했다.

"만 리가 멀긴 해도 열심히 달리면 한 달 내에 갈 수 있는 거린데, 뭐."

유소예는 그런 황보청을 흘겨보며 혀를 찼다.

'으이그…… 저 무감각!'

황보청은 속도 모르고 유소예의 뒤로 접근해서 은근한 목소리로 말했다.

"그보다, 유 매. 유 매에 대해서 아버님께 말씀드릴 생각인데, 괜찮지?"

"아직 안 돼요! 제 아버님이 황보 공자를 인정할 때까지는 말씀드리지 마세요."

톡 쏘아붙인 유소예는 홱 몸을 틀었다.

그 바람에 막 그녀의 어깨를 쥐려던 황보청의 손이 허공에 둥둥 떠서 방황했다.

'쩝, 망설이지 말고 그냥 안아 버렸어야 하는데!'

물론 그러지 못한다는 걸 누구보다 자신이 잘 알았다. 그저 그러고 싶다는 바람일 뿐.

입맛을 다시며 아쉬워하던 그는 몇 번이나 꾸었던 꿈을 또다시 반복했다.

'다음에는 한 대 맞더라도 일단 안고 봐야지.'

유소예는 그런 황보청을 힐끗 쳐다보고는 입술을 삐죽였다.

'하여간 덩치만 컸지 눈치가 없어. 그냥 확 끌어안으면 누가 뭐라고 해? 바보 멍청이!'

*　　　*　　　*

왕두평에게 연락이 올 때까지 이정한과 동호량, 초강은 무공 수련에 열을 올렸다.

북궁천은 초조한 마음을 누르기 위해서 그들을 평소보다 심하게 다그쳤고, 덕분에 그들은 하루가 다르게 실력이 늘었다.

황보청과 종리기진도 그들에게 뒤질세라 수련을 게을리하지 않았다.

나홍백의 죽음을 보면서 충격을 받은 두 사람은 북궁천에게 배우는 것을 부끄러워하지 않았다.

북궁천은 자신들과 격이 다른 고수였다. 게다가 의형이 아닌가. 의형에게 배우는 것은 창피할 것도 없는 일이었다.

그렇게 번갯불에 콩 튀겨 먹듯 칠 일이 훌쩍 흘렀다.

운공조식을 마치고 앞마당으로 나간 북궁천은 구름 한 점 없는 쪽빛 하늘에 떠 있는 아침 해를 바라보았다.

헌원려려 찾는 일을 왕두평에게 맡겨 놓은 지 어느덧 칠 일째. 지금쯤 어떤 소식이 있을 법한데도 아직 특별하게 전해진 것은 없었다.

그동안 그는 왕두평을 찾아가서 자세한 상황을 알고 싶었지만 조급해지려는 마음을 억지로 눌러야만 했다.

넓고도 넓은 중원 땅에서 한 사람을 찾는 일이 어찌 쉬울까.

마음은 촌각 만에 천 리를 오갈 수 있어도, 어디에 있는지 알 수 없는 한 사람을 찾기에는 칠 일이 결코 긴 시간은 아니었다.

　어떻게 살고 있을까? 무슨 일이 있는 건 아니겠지?

　아니, 찾을 수는 있을까?

　그러한 생각을 할 때마다 후자에 대한 두려움이 그의 마음을 짓누르는 것이다. 그리고 그 때마다 한 가지 생각을 되뇌었다.

　'떠나보내지 말았어야 했어.'

　하지만 이제 와서 후회한들 무슨 소용이랴. 시간을 되돌릴 수도 없는데.

　북궁천은 씁쓸한 마음으로 하늘을 올려다봤다. 쪽빛 하늘을 가르며 철새 한 쌍이 날아가고 있었다.

　'그날은 정말 내가 제정신이 아니었지.'

　술에서 깬 뿌연 새벽, 찢어진 옷을 걸친 채 처연한 눈빛으로 허공을 바라보던 그녀의 모습을 잊을 수가 없었다.

　아마도 그가 그녀를 범한 후 날이 샐 때까지 그러고 있었던 모양이었다.

　'려려, 그날은 정말로 미안했다.'

　그 일이 있었을 때 바로 미안하다고 했어야 했다. 그런데 그 당시에는 그럴 수가 없었다. 아니, 그래야 한다는 것을 알지 못했다.

　그는 북천의 주인. 그의 머릿속에는 미안하다는 말이 들어 있지 않았으니까.

그날 미안하다는 말만 했어도 상황이 달라졌을지도 모르거늘. 그녀의 마음을 얻었을지도 모르거늘…….

기껏 한다는 말이 네 맘대로 하라는 말이었으니, 생각해 보면 정말 멍청한 짓이었다.

그때만 해도 그녀를 마주 보는 게 부담되어서 그랬는데, 그야말로 최악의 선택이었다.

싫다고 해도 붙잡아 놓고 마음을 돌려야 했는데, 미안하다며 달랬으면 마음이 돌아섰을지도 모르는데.

'너는 정말 어리석은 놈이다, 북궁천. 미안하다는 말이 뭐 그리 어렵다고…….'

그 때 누군가가 뒤로 다가오는 느껴졌다. 그리고 곧 유원당의 목소리가 들렸다.

"무슨 생각을 그리 깊게 하는가?"

천천히 고개를 내린 북궁천은 몸을 돌렸다.

유원당이 웃으면서 그를 향해 다가오고 있었다.

그는 아쉬움을 가슴 한구석에 구겨 넣고 담담히 말했다.

"이곳은 제가 살던 곳보다 확실히 따뜻하군요. 제가 사는 곳은 지금쯤 첫눈이 내렸을 텐데 말입니다."

"날씨가 다르면 성격도 다른 법이라네. 혹시라도 많은 사람들을 대하게 되면 그 점을 염두에 두게나."

"그도 그렇군요. 하긴 북쪽에 사는 사람들은 맺고 끊는 게 확실한데, 이곳 사람들은 조금 느슨하다는 느낌이 들더군요. 물론 전부 그렇다는 것은 아닙니다만.”

“이곳에 오래 있을 생각인가?”

“상황에 따라 달라지겠지요.”

“찾고자 하는 사람을 찾는다면?”

찾는 게 문제가 아니다. 정작 중요한 것은 얻는 것이다.

“그렇게만 된다면, 돌아갈 생각입니다.”

단, 함께 갈 경우에만.

“어떤 여인인지 몰라도 행복하겠구먼.”

정말 그럴까? 그녀는 자신이 찾아온 것을 행복하게 생각할까?

만약 자신이 찾아온 것을 싫어한다면 어떻게 하지?

하지만 그보다 더 두려운 것은, 그녀가 다른 남자의 여자가 되어 있을 경우였다.

자신을 싫어하는 것은 참을 수 있을 것 같은데, 다른 남자의 아내가 되어 있다면 참을 수 없을 것 같았다.

‘진즉 찾아 나섰으면 그런 걱정 할 것도 없었을 텐데. 바보 같은 놈이다, 너는.’

속으로 자신을 다그친 북궁천은 쓴웃음을 지으며 유원당의 말에 답했다.

“저도 그녀가 행복해했으면 좋겠습니다.”

유원당은 마치 그의 속을 엿보기라도 한 듯 조용히 웃었다.

"너무 걱정 말게. 진심은 통하는 법이니까."

정말 그럴까? 그러면 얼마나 좋을까?

'이 사람에게 다 털어놓고 상의해 볼까?'

북궁천이 고심하며 갈등을 겪고 있을 때였다. 이정한이 저만치서 달려왔다.

"대형, 왕 대인의 부하라는 사람이 찾아왔습니다!"

*　　*　　*

북궁천은 곧장 왕두평을 찾아갔다.

그가 안으로 들어가자, 왕두평이 공수를 취하며 고개를 숙였다.

의자에 앉은 북궁천은 차를 한 모금 마신 후에야 마음을 가라앉히고 입을 열었다.

"찾았소?"

왕두평도 침착하게 그가 입을 열 때를 기다린 후 미소를 지으며 말했다.

"다행히 공자의 명을 어기지 않은 것 같습니다."

어느 정도 짐작은 하고 온 터였다. 그럼에도 막상 그 말을 듣자 가슴이 뛰었다. 그것은 공력이 높고 낮은 것과 아무런 상관없는 본능의 감정이었다.

북궁천은 바로 묻지 않고 일단 왕두평의 공을 치하했다.

"수고했소."

"별말씀을. 최대한 빨리 찾고자 했는데 성을 바꾼 바람에 시간이 오래 걸렸습니다, 공자."

북궁천은 의아한 표정으로 왕두평을 바라보았다.

"성을 바꿨다고? 그럼 그녀가 헌원려려라는 이름을 쓰지 않는단 말이오?"

"정확한 것은 잘 모르겠습니다만, 서문 장주가 양녀로 받아들여서 지금은 그녀를 서문려려라고 부르고 있습니다."

생각지도 못했던 일. 하지만 북궁천은 그녀의 성이 바뀐 것에 대해서 크게 생각하지 않았다.

오히려 그보다는 그가 말한 '서문 장주'라는 말이 마음에 더 걸렸다.

"서문 장주라면…… 그럼 그녀가 포원산장에 있었단 말이오?"

"그렇습니다, 공자."

문득 등봉에서 봤던 마차가 떠올랐다.

'혹시 그 마차에 려려가……?'

확실치는 않았다. 그러나 운명처럼 자신의 눈을 붙들던 그때를 떠올리니 꼭 그 안에 그녀가 타고 있었던 것만 같았다.

'빌어먹을! 그때 확인을 해 봤어야 했는데.'

마음이 더 초조해진 그는 왕두평에게 물었다.

"여기서 포원산장까지 얼마나 되오?"

"포원산장에 가시려고 하는 겁니까?"

"그렇소."

"죄송하지만 그녀는 지금 그곳에 없습니다, 공자."

"포원산장에 없다고?"

"예, 공자. 그녀는 사흘 전에 삼성궁으로 갔습니다."

북궁천의 표정이 굳어졌다.

겨우 찾았다 싶었는데 다른 곳에 가 있다니.

"지금 삼성궁이라 했소? 그녀가 왜 그곳에 갔단 말이오?"

"섬서의 천사교 준동으로 인해 삼성궁의 예하 세력 수장들이 모두 모이는데, 서문 장주가 혼인 문제 때문에 데려갔다고 합니다."

순간, 북궁천은 심장이 터질 것처럼 찡하니 울렸다.

"혼인?"

혼잣말처럼 중얼거리는 그를 향해 왕두평이 조심스럽게 말했다.

"전부터 그런 이야기가 오갔나 봅니다. 그러다 이번에 천사교가 준동하자 서둘러서 매듭을 지으려고 하는 것 같습니다."

결국 그렇게 된 건가? 자신이 조금 늦은 건가?

삼성궁으로 간 지 사흘이 지났다고 했다. 그들이 서두르는 마음이었다면 지금쯤은 어떤 결론이 났을 가능성이 높았다.

그런데 그녀는 어떤 마음일까?

자신의 청을 거절할 정도로 고집이 센 그녀라 해도 삼성궁이라면 마음이 변했을지도 모른다.

삼성궁은 무림맹이 유명무실해진 현 강호에서 천무회와 함께 중원 정파의 기둥 역할을 하는 곳이 아닌가.

마도로 치부되는 북천궁과는 확연히 다른 곳.

북궁천은 흔들리는 마음을 바로잡기 위해서 천천히 눈을 감았다 떴다.

'아냐! 아무리 급해도 혼인을 하려면 한두 달의 시간은 걸린다. 아직 완전히 늦은 것은 아니야.'

그는 스스로를 다독였다. 천에 하나, 만에 하나의 기회만 있어도 그는 포기할 수 없었다.

절대로!

"상대는…… 누구요?"

무겁게 흘러나오는 목소리에 건물 전체가 내려앉는 느낌이다.

왕두평은 심혼이 짓눌리는 기분을 느끼고 식은땀이 주르륵 흘렀다.

"삼성궁의 소궁주인…… 신룡공자 구양우경입니다."

*   *   *

선유원으로 돌아간 북궁천은 이정한 등과 황보천, 종리 기진을 불러 모았다.

"그녀가 삼성궁에 있다는군. 나는 그곳으로 갈 것이니, 정한 아우는 두 아우를 데리고 태극당으로 돌아가게."

그러나 이정한은 아직 태원으로 돌아갈 마음이 없었다.

"저희도 따라가겠습니다."

"위험할지 모르네. 자칫하면 목숨을 걸어야 할지도 모르고."

"강호에서 살다 보면 언제 죽을지 모르는 게 저희 같은 무사들 아니겠습니까? 걱정 마십쇼. 이 기회에 저희도 삼성궁 구경 좀 해 봅시다, 대형."

북궁천은 이정한과 동호량, 초강을 차례대로 주시했다.

두 사람도 같은 마음인 듯 눈빛에 흔들림이 없었다.

"진 사부께서는 태극문을 건립하는 날만 기다리고 있네. 아우들이 돌아가지 못하면 내가 너무 미안해져. 그러니 무슨 일이 있어도 죽으면 안 되네. 그 약속만 하면 데려가지."

처음에는 불허하는 것 같았다. 그런데 말미에 허락한다는 말이 떨어지자 세 사람의 표정이 환하게 밝아졌다.

"약속하겠습니다, 대형. 악착같이 살아남겠습니다!"

"반드시 살아서 돌아가 태극문을 저희 손으로 건립할 검니다!”

북궁천은 그쯤에서 황보청과 종리기진을 바라보았다.

“황보 아우와 종리 아우는 돌아가게.”

“저희도 따라가면 안 되겠습니까?”

“천사교의 준동 때문에 삼성궁이 예하 세력을 불러 모았다면 황보세가도 움직일 거네. 그러니 자네는 나와 함께 삼성궁으로 가는 것보다 세가로 돌아가는 게 나아.”

황보청도 모르지 않기에 마음이 착잡했다.

종남파와 화산파는 물론이고 섬서의 정파들이 천사교에 의해 막대한 피해를 입었다는 소식이 속속 전해지고 있었다.

그동안 깊은 잠에 빠져 있던 무림맹도 이십 년 만에 다시 깨어날 가능성이 높은 상황. 더 이상은 밖으로 싸돌아다닐 때가 아니었다.

“그럼 삼성궁의 일이 끝나면 어디로 가실 생각이십니까?”

“아직 확실한 것을 말하기는 그렇군. 다만, 자네들이 내 아우라는 것은 잊지 않을 것이네.”

황보청이 어깨를 으쓱하더니 피식 웃었다.

“혹시라도 제가 필요하면 바로 사람을 보내십쇼.”

“그렇게 하지.”

상황을 정리한 북궁천은 유원당을 만나 그동안의 고마움을 표했다. 그리고 일각 정도 그와 이야기를 나누고는 이정한 등과 함께 선유원을 나섰다.

第四章
삼성궁(三星宮) 회룡당(回龍堂)

동장군이 가까이 다가오고 있음인가?

냉기를 품은 바람이 앞섶을 파고들 때마다 어깨가 절로 움츠러들 정도다.

하지만 남양을 떠난 북궁천의 마음은 그 어느 때보다 뜨거웠다. 가만히 쉬고 있으면 끓어오르는 가슴의 열기를 참을 수 없을 것 같았다.

왕두평이 붙여 준 길 안내인을 따라 삼성궁으로 향한 그는 끓는 마음을 다스리기 위해 길을 재촉했다.

그리고 이틀 후. 언덕 위에 올라선 그는 걸음을 멈추고 이백 장 앞에 펼쳐진 거대한 장원을 바라보았다.

삼성궁(三星宮)!

그랬다. 앞에 보이는 성처럼 거대한 장원이 바로 헌원려려가 있다는 삼성궁이었다.

높이 일 장이 넘는 담장의 둘레가 십 리도 더 된다 했던가?

북천궁에 비해서 조금도 뒤지지 않는 거대한 규모.

그래서 그는 심적인 불안감이 더 커졌다.

구양우경은 저 거대한 삼성궁의 다음 대 주인이 될 사람이다.

게다가 삼성궁은 분열된 무림맹을 대신해서 당금 정파의 기둥으로 우뚝 선 곳이 아닌가 말이다.

최소한 구양우경은, 헌원려려가 원하는 '대협'에 자신보다 훨씬 가까운 위치에 있는 사람인 것이다.

'혼인이 치러질 때까지는 아직 끝난 게 아니다. 포기하지 마라, 북궁천!'

더구나 아직 헌원려려의 확실한 마음도 모르는 상태가 아닌가.

그녀가 자의로 구양우경과 혼인하려고 하는 건지, 아니면 타의로 이루어지는 일인지, 최소한 그녀의 마음이라도 알아야 뭔가를 할 수 있을 것이다.

"어떻게 하실 생각이십니까, 대형?"

초강이 걱정스런 표정으로 물었다.

삼성궁은 무림맹이 유명무실해진 후 천무회, 백검맹과 함께 하남을 삼분하고 있는 대세력이다.

무작정 들어가서 헌원려려를 빼내는 것은 북궁천이 제아무리 고수라 해도 힘든 일이었다.

북궁천도 힘으로 어찌할 생각은 없었다.

설령 그리해서 빼낸다 해도 헌원려려의 반발만 살 뿐. 그거야말로 최악의 선택이었다.

"정문 앞에 사람들이 모여 있는 걸 보니 무사를 모집하는가 보군. 한번 가 보세."

북궁천은 왕두평이 딸려 보낸 사람을 그곳에서 돌려보내고는 삼성궁을 향해 걸음을 옮겼다. 이정한 등도 잔뜩 긴장한 표정으로 그의 뒤를 따라갔다.

삼성궁의 정문 앞에는 많은 사람들이 길게 늘어서 있었다. 천사교의 준동에 삼성궁이 무사를 모집한다고 하자, 이 기회에 삼성궁 무사가 되기 위해 모여든 자들이었다.

북궁천은 이정한 등과 함께 늘어선 줄의 꼬리에 따라붙었다.

동호량이 북궁천의 생각을 눈치채고 넌지시 물었다.

"모집 무사로 들어가실 생각이십니까?"

"아무래도 그게 나을 것 같네."

자신의 실력을 일부만 드러내도 간부로 중용되는 것은

어렵지 않다.

그러나 사람들의 시선이 집중되면 안에서 움직이는 게 그만큼 힘들어질 터. 일반무사로 자연스럽게 움직이며 헌원려려를 찾아보는 게 나을 듯했다.

정문을 통과하자 의자에 앉아서 신상명세를 적고 있는 서기가 보였다.

북궁천의 차례가 되자 서기가 물었다.

"이름은?"

"단화린."

"나이는?"

"스물일곱."

"사문은?"

"북두문."

붓을 든 서기는 딱딱 끊어서 대답하는 북궁천을 째려보았다.

'이 자식이, 내가 붓 들고 있다고 우습게 보는 거야, 뭐야? 젊은 놈이 왜 이렇게 혀가 짧아? 지가 무슨 대단한 놈이라도 되는 줄 아나?'

하지만 그는 북궁천의 키가 자신보다 훨씬 크고 몸이 단단해 보여서 꾹 참았다.

대신 북궁천을 힘은 많이 드는 반면 출세와는 거리가 먼 곳을 골라서 배정하기로 했다.

그가 비록 서기지만 한두 사람 정도는 자신이 원하는 곳
으로 배정할 수 있었다.

'건방진 놈, 어디 광호(狂虎) 밑에서 고생 좀 해 봐라.'

입술을 묘하게 비튼 그는 북궁천의 특징에 대해서 간단하
게 몇 줄 적은 다음, 마지막 줄에 몇 글자를 더했다.

　　회룡당(回龍堂) 추천(推薦)!

그리고 북궁천을 보낸 후 이정한에게 물었다.

"이름."

"이정한."

"나이는?"

"스물일곱."

"사문…… 은?"

"태극문."

서기의 붓끝이 잘게 떨렸다.

'이 자식들이! 오냐, 이놈들! 어디 쌍쌍이 가서 고생해 봐
라!'

하지만 이정한의 뒤에는 아직도 동호량과 초강이 남아 있
었다.

결국 서류 끝에 '회룡당 추천'이라는 글자가 더해진 네

사람은 몇 가지 자격시험을 통과한 후, 이십 대 초반의 청년 하나와 함께 회룡대에 배속되었다.

당연히 서기가 강력하게 추천한 덕분이었다.

* * *

백 년 전, 강호를 뒤흔들던 절대고수 세 사람이 의형제를 맺었다.

등천검신(登天劍神) 구양명, 부운비룡(浮雲飛龍) 천옥기, 경천신도(驚天神刀) 선우결.

그들은 의형제를 맺은 후 신룡문이라는 문파를 건립했다.

그리고 타 문파들을 흡수합병하거나 형제의 예로 받아들여서 그 규모를 키우고, 문파 명을 삼성궁으로 바꾸었다.

검신가(劍神家), 비룡가(飛龍家), 신도가(神刀家).

삼성궁은 세 의형제의 별호를 딴 세 가문, 일명 삼주신가(三柱神家)가 떠받치고 있었다.

각 가문의 힘은 강호의 대문파에 뒤지지 않을 정도였는데, 그들은 삼성궁 산하의 조직을 철저히 분배해서 한 가문에 힘이 집중되지 않도록 했다.

세상을 호령하는 위치에서 백 년의 세월이 지났거늘, 세 가문의 마음이 처음과 같다는 것을 누가 보장할 수 있단 말인가.

약육강식의 자연법칙은 그들이라 해서 예외가 아닐 터, 한 가문에 힘이 집중되면 나머지 두 가문은 결국 잡아먹힐 수밖에 없는 것이다.

회룡당이 비룡가에 속해 있는 것은 바로 그러한 분배로 인해 결정된 것일 뿐이었다.

그리고 삼성궁의 많은 사람들이 꺼려하는 미친 호랑이 천광호가 새롭게 만들어진 회룡당을 맡은 이유도, 순전히 그가 비룡가 가주의 친동생이기 때문이었다.

"그럭저럭 뼈대는 튼튼하게 생겼군."

천광호는 의자에 앉아서 다리를 꼬고는, 삐딱하게 모로 비튼 머리를 왼손으로 받치고, 집무실 안에 서 있는 사람들을 바라보았다.

이번 무사 모집에 들어온 신입 중 회룡당으로 배치된 자들은 다섯 명이었다.

모두 나이가 젊었는데, 넷은 이십 대 중반 정도로 보였고, 곱상한 얼굴의 청년은 그보다 두어 살 어린 듯했다.

'재수 더럽게 없는 놈들이군.'

저놈들은 회룡당이 어떤 곳인 줄 알고 왔을까?

'알면 올 리가 없지.'

그래서 그는 더욱 즐거웠다. 곧 저 애송이들의 일그러진 얼굴을 볼 수 있을 테니까.

사실 이름만 그럴 듯한 회룡당은 정예 조직과는 조금 거리가 있었다.

비룡가 가주의 친동생을 놀고먹게만 할 수도 없고 해서 오 년 전에 급조된 조직, 그게 회룡당이었다.

그리고 그들이 맡는 임무도 조금 특이했다.

'네놈들은 삼성궁이 무슨 대단한 곳인 줄 알고 왔겠지? 웃기는 놈들. 아마 조금만 지나면 삼성궁에서 나는 시궁창 냄새에 구역질이 날 거다.'

천광호는 조소를 지으며 우측을 바라보았다.

그가 바라보는 곳에는 얼굴에 기다란 칼자국이 사선으로 두 개나 나 있는 삼십 대 장한이 서 있었다.

"이봐, 조관. 이대 숫자가 제일 적지? 저 애들은 네가 챙겨라."

"예, 당주. 감사합니다."

조관이라 불린 장한은 절도 있게 고개를 숙여 예를 취하고는, 마당에 서 있는 다섯 사람을 향해 시선을 돌렸다.

"나를 따라와라."

회룡당은 삼대(三隊)로 이루어져 있었는데, 각 대는 이십 명에서 이십오 명의 무사가 배속되어 있었다.

조관은 그중 제이대 대주였다.

　북궁천은 일행과 함께 조관을 따라서 회룡당 이대 무사들의 방으로 갔다.

　솔직히 그는 회룡당의 첫인상이 자신의 생각과 많이 다른 것을 보고는 실망감이 이만저만 아니었다.

　십이당(十二堂)은 삼전(三殿) 이각(二閣)과 함께 삼성궁의 중추를 이루는 조직이라 들었다. 회룡당도 십이당 중 하나인 만큼 기대감이 적지 않았다.

　그런데 분위기를 보아하니, 그가 바라는 것과 많은 것에서 차이가 나는 듯했다.

　'하긴 정예 조직에 이제 갓 들어온 신입 무사를 배속시킨다는 것부터가 말이 안 되는 일이지.'

　실력이 눈에 띨 만큼 뛰어나다면 또 몰라도.

　자신의 실력을 조금 더 드러내서 이보다 나은 곳으로 갈까?

　문득 그런 마음이 들긴 했지만, 회룡당에 태극문 제자들과 함께 들어온 것을 다행으로 여기며 잠시만 더 상황을 살펴보기로 했다.

　조관을 필두로 북궁천 일행이 안으로 들어가자, 안에서 쉬고 있던 십여 명의 무사가 일제히 시선을 집중했다.

　"대주, 신입입니까?"

　"그래."

조관은 대원의 질문에 짧게 대답하고는, 몸을 돌리고 북궁천 등을 둘러보았다.

"회룡당이 어떤 곳인 줄 알고 온 사람?"

북궁천과 이정한 등은 알지 못했다. 그런데 그들과 함께 온 이조량이란 자가 아는 게 있는지 머뭇거리며 말했다.

"대충은 들었습니다. 불미스런 일이 벌어지면 회룡당이 후속 조치를 맡아서 처리한다고……."

"어디서 듣긴 들었나 보군. 그럼 그 후속 조치란 게 뭔 줄 아나?"

"주 임무가 싸움이 끝난 곳에 들어가서 사상자와 무기 등을 챙겨 오는 일이라 알고 있습니다."

"다른 일에 대해서도 아나?"

"다른 건 잘……."

조관은 입술 끝을 비틀어서 묘한 미소를 지었다.

"조금은 아는군. 하지만 우리 삼성궁에 대규모 싸움을 거는 자들이 거의 없다 보니 그러한 일을 하는 경우는 아주 드물다고 할 수 있지. 그럼 어떤 일을 주로 할까?"

중간에서 질문을 하듯 말을 끊은 그는 다섯 사람에게 얼굴을 바짝 들이밀고 좌우로 오갔다. 그리고 아무도 말을 하지 않자 자신이 말을 이었다.

"높은 사람들이 시키는 잔일도 해야 하고, 때로는 그 양반들이 배설해 놓은 오물을 치워야 할 때도 있지. 무슨 말인지 알겠나?"

"저…… 저희들이 직접 싸움을 하진 않습니까?"

이조량이 머뭇거리다 물었다.

조관은 걸음을 멈추고 그를 똑바로 쳐다보았다.

"그런 일을 하다 보면 싸워야 할 때가 있지. 그것도 악조건에서. 그래서 우리 회룡당의 무사들은 남들이 알아 줄 정도로 수련량이 많다. 기강이 엄한 것은 말할 것도 없고. 왜? 겁이 나나? 지금이라도 그만두고 싶어?"

"아니, 그건 아닙니다만……."

"아니라니 다행이군. 우리 회룡당은 나가고 싶다고 마음대로 나갈 수 있는 곳이 아니거든. 또 모르지, 공을 세우고 인정을 받는다면."

조관은 놀리듯이 이조량을 몰아붙이고 북궁천을 바라보았다.

"단화린이라 했지?"

"그렇소."

그렇소?

조관은 기분이 상한 듯 눈썹을 꿈틀거렸다. 하지만 눈이 마주친 후부터 왠지 모르게 입이 떨어지지 않아서 심하게 다그치지도 못했다.

그 때, 한쪽에 앉아서 구경하던 자들 중 얼굴이 길쭉한 장한이 일어섰다.

“젊은 친구의 태도가 영 아니군. 상관에게 그따위 말투를 쓰면 되나?”

그러자 또 다른 자가 몸을 일으키며 두 손을 맞잡고 우두둑, 소리가 나도록 손가락을 꺾었다.

“일단 예절 교육부터 시켜야 할 것 같군. 대주, 저희에게 맡기고 좀 쉬시죠.”

두 사람은 서로 눈짓을 하더니 북궁천을 향해 다가갔다.

이조량이 앞으로 나서며 두 사람의 앞을 막아섰다.

“그만하시죠. 앞으로 함께 지내야 할 사람들끼리 싸워서야 되겠…….”

퍽!

말을 끝맺기도 전에 얼굴이 길쭉한 장한의 주먹이 이조량의 가슴을 두들겼다.

악심을 품고 친 주먹은 아니어서 이조량은 세 걸음을 물러선 뒤 몸을 세웠다.

“너는 비켜!”

장한은 짜증 내듯이 이조량을 향해 말하고 북궁천을 바라보았다.

그때까지도 이정한 등은 일절 나서지 않았는데, 그들은 호랑이에게 토끼들이 덤벼드는 것 같아서 오히려 두 장한이 불쌍하기만 했다.

그런데 또 이조량이 물러서지 않고 앞으로 나섰다.

"굳이 이럴 필요는……."

"이 자식이!"

이번에는 나중에 일어선 자가 눈에 쌍심지를 켜고 손을 뻗었다.

펑!

쫙 펼친 손바닥이 이조량의 어깨를 때렸다.

이조량은 너덧 걸음을 물러난 뒤 벽에 등을 부딪치고서야 멈춰 섰다.

북궁천은 자신을 대신해서 두 번이나 맞은 이조량을 돌아다보았다.

자신이 나섰다면 그가 맞는 것을 충분히 막을 수 있었다. 그럼에도 나서지 않은 것은 그만한 이유가 있기 때문이었다.

그가 본 이조량은 때린 자보다 약하지 않았다.

"왜 피하지 않았지?"

그가 의아한 어조로 묻자, 이조량은 붉어진 얼굴로 머쓱한 웃음을 지었다.

"조용히 해결되는 게 좋을 거 같아서……."

그 때였다.

"어디 피하고 싶으면 네가 피해 봐라!"

얼굴이 길쭉한 자가 소리치며 주먹을 날렸다.

북궁천은 몸을 한 치도 움직이지 않고 왼손을 뻗어서 그의 손목을 잡았다.

횡!

또 다른 자가 북궁천의 옆구리를 향해 손을 뻗었다.

북궁천은 보지도 않고, 파리를 잡듯이 그자의 손을 낚아채서 가볍게 비틀었다.

"으윽!"

손이 뒤로 꺾인 그자의 입에서 신음이 절로 터져 나왔다.

뒤이어 얼굴이 길쭉한 자가 재차 공격하려다가 갑자기 털썩, 무릎을 꿇고 주저앉았다. 북궁천이 손에 잡힌 팔목을 부러뜨릴 것처럼 꺾어 버린 것이다.

단숨에 두 사람을 제압한 북궁천은 조관을 보며 무심한 어조로 말했다.

"적당히 하는 게 좋을 것 같소만."

그사이 흥미진진한 표정으로 바라보고 있던 나머지 무사들이 벌떡 일어났다.

"그 손을 놓아라!"

"건방진 놈이 들어오자마자 말썽을 피우는군."

그들은 북궁천을 싸늘한 눈으로 바라보며 포위하듯 에워쌌다.

북궁천은 그들에게 시선 한 번 주지 않고 여전히 조관만 바라보았다.

"후회할 텐데?"

조관의 두 줄기 상흔이 지렁이처럼 꿈틀거렸다.

평소였다면 단숨에 달려들어서 팔 하나 정도는 부러트려 놨을 것이다. 그 정도는 당주도 껄껄 웃으면서 이해해 줄 것이고.

하지만 지금은 그러고 싶어도 몸이 움직이지 않았다.

눈빛이 마주치자 심장이 싸늘하게 얼어붙는 것 같았다.

"그들의 손을 놓아주게."

겨우 입을 연 그는 이를 악물고 눈에 힘을 주었다. 그는 너무 긴장해서 자신의 말투가 변했다는 것도 느끼지 못했다.

북궁천은 그가 말하자마자 손을 놓아주며 가볍게 밀었다.

우당탕탕.

두 사람이 튕겨지듯이 뒤로 구르며 그의 몸에서 떨어진 순간, 에워싸고 있던 자들 중 두 사람이 동시에 그를 공격했다.

북궁천은 한 발을 내디디며 그들의 공격 사이로 스며들었다.

너무 가까워서 피할 틈도 없을 것 같았다. 그런데 두 사람의 공격은 그들 스스로가 억지로 손을 튼 것처럼 북궁천의 몸을 피해 갔다.

앞뒤로 두 사람의 공격을 흘린 북궁천은 앞에 있는 자의 팔을 잡아서 조관에게 던지고, 빙글 몸을 돌리면서 뒤에 있는 자의 목을 움켜쥐었다.

"끅!"

가히 전광석화(電光石火)였다.

북궁천의 신형이 흐릿해졌다 싶은 순간에 모든 상황이 끝나 버린 것이다.

말릴 틈도 없이 사람이 날아들자, 조관은 급히 손을 뻗어서 날아드는 자를 붙잡았다.

그 때였다.

"후회할 거라고 했지."

목을 쥔 자를 응시하며 나직이 말하는 북궁천의 소리가 방 안을 짓눌렀다.

조관은 갈고리 같은 북궁천의 손가락이 수하의 목을 파고들자 다급히 말렸다.

"그만하면 알아들었을 테니 손을 멈추게."

북궁천은 고개를 돌려 그를 바라보았다.

"더 이상 이번 일로 시비를 걸지 않겠다는 약속을 한다면 놓겠소."

조관은 미간을 씰룩거리며 어렵게 대답했다.

"그렇게…… 하지."

북궁천은 두 번 묻지 않고 목을 쥔 자를 밀쳤다.

그리고 조관이나 이대의 무사들이 아닌 이조량을 보며 말했다.

"힘이란 써야 할 때와 아껴야 할 때가 있는 법. 조금 전 그대의 선택은 옳지 않았다. 나섰으면 책임을 져야 하고, 확실하게 책임을 지지 못할 거면 나서지 않는 게 낫다. 생각해 봐라. 만약 나에게 힘이 없었다면 어떻게 됐을지. 아마 그대로 인해서 나는 더 험한 일을 당했을 것이다."

이조량은 얼굴이 벌게진 채 고개를 숙였다.

"죄송합니다. 일이 이렇게 될 줄은 미처 몰랐습니다."

북궁천의 시선이 이번에는 조관에게로 향했다.

"동료가 되기 싫으면 지금이라도 말하시오. 얼굴 붉혀 가면서까지 이곳에 남고 싶진 않으니까."

조관은 콧등을 두어 번 씰룩거렸다.

자신조차 움직임을 제대로 파악하지 못했다. 바로 코앞인데도!

자신이 저자를 이길 수 있을까?

눈빛이 마주치면서 몸이 굳었을 때 이미 답은 나와 있었다.

더구나 자신은 수하 둘을 저렇게 가볍게 처리할 수 없지 않은가.

격이 다른 고수.

그게 짧은 순간 북궁천에 대한 조관의 평가였다.

그런 한편으로는, 저런 자가 왜 평무사로 회룡당에 들어

왔을까 하는 의문이 들었다.

하지만 그 목적을 알아보는 것은 차후의 일. 그는 한숨을 쉬며 북궁천의 청을 받아들였다.

"후우, 이번 일은 더 이상 말하지 않는 게 좋겠군. 당주가 알면 우리 모두가 괴로워질 테니까."

"좋소, 그럼 나도 이쯤에서 끝내겠소."

북궁천은 조관의 말을 순순히 받아들이고는, 어정쩡하게 서 있는 무사들을 둘러보았다.

"나도 건들지만 않으면 조용한 사람이오. 함께 지낼 동안은 웃으면서 보냅시다."

이대의 무사들은 머쓱한 표정으로 서로의 눈치를 보며 고개를 끄덕였다.

물론 모두 다 그런 것은 아니었다. 북궁천에게 혼이 난 자들 중 둘과 다른 자들 중 서너 명은 마지못해서 고개를 끄덕이는 게 역력했다.

북궁천은 보고도 못 본 척했다.

말단 무사들과 거리를 두고 지내는 것도 좋지 않았다. 경우에 따라선 도움을 받아야 할 때가 있을지도 모르는 것이다.

그리고 그는 조관의 설명을 들은 후 나름대로의 계획을 세운 상태였다. 이들을 단숨에 제압해서 충격을 준 것도 그 때문이고.

'회룡당이 높은 사람들의 구린 구석을 처리한다면, 다른 사람보다 더 많은 것을 알고 있겠지. 오히려 이곳에 있는 것이 접근하기가 더 쉬울지도……'

＊　　　＊　　　＊

그날 밤.

북궁천은 저녁 식사를 마치고 잠시 휴식을 취하는 사이, 회룡당 무사들에게 대공자 구양우경에 대해서 물어보았다.

예상했던 대로 회룡당 사람들은 같은 정보라 해도 좀 더 깊게 알고 있었다. 특히 조관과 같은 중간 간부는 비밀이라 할 수 있는 정보마저도 제법 많이 알았다.

구양우경은 스물여덟 살로 위에 누나가 하나 있고 아래로는 남동생과 여동생이 하나씩 있었다.

무공은 차대 삼성궁주로서 손색이 없다는 게 일반적인 평이었고 삼성궁의 젊은 고수들 중에서는 가장 강하다고 했다.

성격은 진중하다 못해 태산처럼 무거웠는데 오죽하면 측근에 있는 사람들조차 말하는 것을 보기 힘들 정도라 했다.

그 때문인지 그는 사람들 앞에 나서는 것을 좋아하지 않아서 실제로 그에 대해 자세히 아는 사람은 검신가의 일부뿐일 거라는 말도 있었다.

그리고 그의 거처는 삼성궁에서 가장 깊은 곳에 있는 설매원(雪梅園)이었다.

"듣자 하니 소궁주가 혼인을 한다는 소문이 있던데 사실이오?"

북궁천이 넌지시 묻자 조관이 의외라는 표정을 지었다.

"그 말이 나온 것은 얼마 되지 않았는데 어떻게 알았나?"

"이곳으로 배속되기 전 대기실에서 들었소."

북궁천은 대충 둘러대고 조관의 대답을 기다렸다.

다행히 조관은 그의 뜻을 의심하지 않고 순순히 자신이 아는 바를 이야기했다.

"자네 말이 맞네. 사실 진즉 혼인을 했어야 하는데 소궁주께서 미뤘지. 혼인에 대해서 별 뜻이 없다면서 말이야. 그런데 포원산장의 아가씨를 보더니 마음이 바뀐 모양이더군. 듣기로는 얼굴도 아름답지만 마음씨가 더 곱다고 하더군."

북궁천은 조관이 헌원려려를 칭찬하자 팔불출처럼 기분이 좋았다.

'그래도 구양우경이란 자가 보는 눈은 있군.'

그 때문에 자신이 이곳까지 오게 된 것은 불만이었지만.

"그녀를 직접 봤소?"

"아주 멀리서 한 번 봤네. 소궁주님과 함께 걸어가는데 정말 아름답더군. 그녀를 본 순간, 소궁주께서 왜 마음이 바뀌었는지 알 수 있을 것 같았지."

헌원려려에 대한 이야기가 나오면서 냉혈한 같던 조관의 눈빛이 흔들렸다.

북궁천은 그의 말을 듣는 순간 가슴이 아릿했다.

그 마음을 뭐라 표현해야 한단 말인가?

질투?

꼭 그런 것은 아닌 것 같은데, 그녀가 구양우경과 함께 걸어간다는 말을 들으니 이상할 정도로 열이 올랐다.

"그렇게 아름답다니 나도 한번 보고 싶군요."

"보름 후에 혼인식을 올린다 하니 그때 볼 수 있을 거네."

"어디에 있는데 보는 것조차 힘들단 말이오?"

"그녀는 설매원에 있네. 소궁주님과 함께."

북궁천은 당장 설매원으로 달려가고 싶었다. 하지만 주먹을 움켜쥐고 끓는 마음을 억눌렀다.

'보름 후란 말이지?'

＊　　　＊　　　＊

다음 날 아침.

식사를 한 지 이각이 지난 후부터 회룡당 옆의 넓은 공터, 일명 '회룡당 전용 연무장'에서 천광호의 포효 소리가 울렸다.

"수련을 게을리 하는 놈은 우리 회룡당에 필요 없다! 거기 뭐 해! 그렇게 해서 적진을 누빌 수 있겠나?"

공터에선 회룡당 대원 육십여 명이 각자가 지닌 무공을 펼치며 수련에 열중이었다.

천광호는 먹이를 앞에 둔 호랑이처럼 그 사이를 오가며 때로는 발길질로 엉덩이를 걷어차기도 하고, 때로는 자세를 교정해 준다며 옆구리를 주먹으로 후려치기도 했다.

그에게는 그때가 가장 즐거운 때였다.

당주라는 지위를 이용해서 마음대로 팰 수가 있으니 어찌 즐겁지 않을까.

어쩌면 그가 회룡당을 맡은 이유도, 수련을 다그치는 이유도 구타를 마음대로 할 수 있기 때문일지 몰랐다. 그게 아니라면 삼성궁에서 말썽과 게으름의 대명사였던 그가 아침부터 설칠 이유가 없었다.

그런데 평소라면 이각 정도 수련을 지켜보다 자신의 집무실로 들어가는 그가 오늘따라 제법 오래 연무장에 남았다.

그 바람에 수련하는 무사들은 그만큼 고될 수밖에 없었다.

전날 퍼먹은 술 때문에 고단한 그가 늦게까지 남은 이유는 다름이 아니었다.

신입으로 들어온 다섯 사람을 확실하게 교육시키겠다는

사명감(?) 때문이었다.

문제는 다섯 사람 모두 자세가 완벽해서 손질할 곳이 별로 보이지 않는다는 것이었다.

키가 큰 놈은 말할 것도 없고, 다른 놈들도 자세만큼은 완벽했다. 게다가 제일 어린 곱상한 놈도 의외로 기본이 튼튼해서 꼬투리를 잡을 만한 점이 거의 보이지 않았다.

그 때문에 죄 없는 기존 무사들만 그에게 두들겨 맞았다.

몇 년이나 자신 밑에서 수련한 놈들이 새로 들어온 놈들보다 못하다니!

마치 자신의 가르침이 엉터리여서 그런 것처럼 느껴지는 것이다.

그래도 그는 포기하지 않고 좌우로 오가면서 가자미눈을 뜨고 신입들의 동작을 끊임없이 살폈다.

그러다 어느 순간, 마침내 기회를 잡았다는 듯 눈빛을 반짝이며 그들을 향해 몸을 돌렸다.

'잘 걸렸다, 이놈!'

"너! 지금 장난하는 거냐?"

성큼성큼 걸어간 그는 허리에 두 손을 얹고 북궁천 앞에 섰다.

회룡당 무사들은 모두 움직임을 멈추고 두 사람을 바라보았다. 특히 조관과 이대의 대원들은 흥미진진한 광경에 눈을 반짝거렸다.

과연 어떻게 될까? 저 단화린이란 자가 당주에게도 대들까? 둘이 붙으면 누가 이길까?

북궁천은 그들의 기대를 저버리지 않았다.

"제가 왜 당주와 장난을 한단 말이오?"

"뭐? 야, 임마! 날파리도 못 쫓을 그런 주먹질을 하면서 지금 무슨 할 말이 있다고 씨부렁거려?"

"제 주먹질이 날파리를 쫓을 수 있을지 못 쫓을지 당주가 어떻게 안단 말이오?"

"이 자식이 그래도!"

"욕은 빼고 말하지요. 당주에게 욕먹을 행동은 하지 않았으니까."

북궁천은 걷기 시작한 후부터 마제가 될 교육을 받고 자란 사람이었다. 또래와 어울리지도 않았고, 그에게 함부로 말하는 이도 없었다.

더구나 궁주가 된 후로 간부들은 모두 그보다 나이가 많은 사람들. 욕을 할 기회조차 없었다.

당연히 욕을 해 본 적이 거의 없을 수밖에.

그래서 남이 자신에게 욕하는 것도 듣기가 싫었다.

하지만 천광호는 어릴 때부터 욕을 입에 달고 산 사람이었다. 그러니 그 정도 욕은 욕도 아니었다. 그저 하고자 하는 말을 좀 더 확실히 전달하기 위한 양념일 뿐.

그는 자신보다 한 뼘 가까이 큰 북궁천을 빤히 올려다봤다.

어이가 없어서 말이 잘 안 나왔다.

"너 지금…… 나한테 대들겠다는 거냐?"

"당주는 욕하지 말란 말이 대들겠다는 말로 들리시오?"

눈을 치켜뜬 천광호는 이글거리는 눈으로 북궁천을 노려보았다.

"좋다, 좋아. 네가 내 조건을 받아들이면 욕을 그만두마."

"무슨 조건이오?"

"좀 전에 나에게 네 실력을 어떻게 아냐고 그랬지? 그럼 자신이 있다는 말인데, 어디 나하고 한번 붙어 보자. 십초만 서서 버티면 욕을 하지 않으마."

"그런 조건이라면 나도 좋소."

천광호는 씩 웃으며 뒤로 두어 걸음 물러섰다.

"다들 옆으로 비켜!"

그가 외치기도 전에 이미 회룡대 무사들은 날벼락을 피해서 멀찌감치 떨어졌다.

'미친 호랑이에게 겁 없이 대들다니. 저놈도 안됐군.'

'저런 건방진 놈은 혼이 좀 나 봐야 돼.'

그들은 각기 다른 생각을 하며 상황을 주시했다.

태연한 것은 이정한 일행뿐.

'대형에게 나홍백이 죽었다는 걸 알면 당주가 어떤 표정

을 지을까?'

어쨌든 그들이 동상이몽을 꾸고 있을 때, 천광호가 오른 손을 앞으로 뻗더니 손가락을 까닥거렸다.

"어디 마음껏 덤벼 봐라!"

북궁천은 마다하지 않고 그를 향해 걸음을 옮겼다. 그리고 여섯 자 앞까지 다가간 후 천천히 주먹을 뻗었다.

날파리도 쫓을 수 없을 거라 했던 그 권법, 북두패왕권을 펼치기 시작한 것이다.

천광호는 가소롭다는 듯 피식 웃었다.

상대의 주먹을 걷어내고 가슴을 후려친 다음, 뒤로 물러 서는 그를 따라가 가볍게 발길질을 하면 끝날 것 같았다.

'쓰러진 놈의 배 위에 발을 얹고 점잖게 타이르면 애들이 나를 우러러 보겠지?'

그래서 그렇게 하려고 했다.

그런데…… 상대의 주먹이 너무 느려서 걷어 낸다는 게 어 정쩡했다.

그렇다고 무작정 공격해 들어가자니 느릿하던 주먹이 빨 라지면 자신의 약점만 고스란히 드러낼 꼴이 될 터. 자칫하 면 역습을 당할지도 몰랐다.

'아, 그 자식! 굼벵이를 삶아 먹고 컸나……'

그가 망설이는 사이 북궁천의 주먹이 그의 코앞까지 다가 갔다.

순간, 천광호는 숨이 턱 막히고, 고막이 먹먹했다.

'뭐, 뭐야?'

보이는 건 온통 주먹뿐이었다.

거기다 숨을 쉬기도 힘들 정도의 압력이 해일처럼 밀려왔다.

대경한 그는 급히 손을 휘둘러서 북궁천의 주먹을 쳐 냈다.

우우웅!

순간적으로 두 사람 사이에서 공명음이 일었다.

북궁천은 주먹을 틀어서 충돌로 인해 벌어진 틈 사이로 밀어 넣었다.

또 다시 해일 같은 경력이 천광호를 향해 밀려갔다.

천광호는 정신없이 두 손을 휘둘렀다.

몇 걸음 물러서서 차분하게 대적해도 되었다. 하지만 그러기에는 자존심이 허락하지 않았다. 수하들의 눈에는 자신이 밀리는 것처럼 보일 것이 아닌가 말이다.

'오냐, 이놈! 어디 해보자!'

그는 공력을 칠성까지 끌어 올리고는, 세 가지 장법과 두 가지 권법, 거기다 조법까지 하나 섞어서 북궁천을 박살 내려 했다.

그러나 어떤 공격도 굼벵이처럼 느린 북궁천의 방어를 뚫지 못했다.

방어를 뚫기는커녕 오히려 상대가 역습할 때마다 화들짝 놀라서 식은땀이 다 날 지경이었다.

'아, 씨발! 뭐, 이따위 권법이 다 있어?'

그는 속이 탔지만, 멀찌감치 떨어져서 구경하던 사람들은 화려한 초식으로 정신없이 북궁천을 몰아붙이는 천광호가 대단하게 보였다.

"이야, 우리 당주님 대단한데?"

"굉장하군! 장법과 권법, 조법을 완전히 자유자재로 구사하는 게 쉬운 일이 아닌데 말이야."

"그걸 막아 내는 저 친구도 제법인데?"

천광호는 그러한 말이 귀에 들어올 때마다 가슴에서 더 불이 났다.

확실하게 꺼꾸러뜨려야 체면이 설 텐데!

빌어먹을!

그 때 북궁천이 두 주먹을 엇갈려 쳐 냈다.

후우우웅. 퍼버벅!

대기가 공명하는 소리와 함께 둔탁한 충돌음이 터져 나왔다.

그 직후, 그토록 물러서기 싫어했던 천광호가 두 걸음을 물러섰다.

북궁천도 뒤로 네 걸음을 물러선 뒤 무심한 어조로 말했다.

"십초가 넘은 것 같소만."

막 눈을 치켜뜨고 다시 달려들려던 천광호가 멈칫했다.

'지미, 벌써 십초가 넘었나?'

그도 모르지 않았다. 워낙 열이 받아 있어서 십초 대결을 깜박했을 뿐.

게다가 겉으로 보면 자신이 유리했던 것처럼 보이지만, 결코 그렇지 않다는 것을 누구보다 그가 잘 알았다.

자신의 패배를 인정하지 않는 좀팽이를 아주 싫어하는 천광호는 결과에 대해서 미련을 두지 않았다.

"제길! 좋다, 솔직히 내가……."

그런데 북궁천이 그의 말을 잘라먹었다. 나름대로 공손하게 포권을 취하면서.

"제가 졌습니다."

순간적으로 천광호의 얼굴이 벌게졌다.

"그게 아니라는 걸……."

"아직도 부족하십니까?"

"아, 지미, 그게 아니라니까!"

"계속하시겠다면 마다하진 않겠습니다. 대신, 이번엔 백초로 하죠."

천광호는 자신도 모르게 흠칫했다.

십초 대결을 벌이면서도 식은땀이 났다. 그런데 백초 대결을 하자고?

‘아, 그 자식. 성질 더럽네. 누구 말려 죽일 일 있나?’

백초 대결에 자신이 없는 그는 그쯤에서 머쓱한 표정으로 북궁천의 뜻을 받아 주었다.

“뭐, 정 그렇다면 내가 이긴 것으로 하지. 그래도 십초를 버텨 냈으니 앞으로 욕은 자제하마.”

북궁천은 슬며시 미소를 지었다.

‘성질이 좀 고약하긴 해도 무사다운 면이 있는 자군.’

회룡당에 들어오게 된 것도 악운만은 아닌 것 같다.

“당주, 어차피 수련을 멈췄으니 잠시 쉬었다가 다시 수련하는 게 어떻겠습니까?”

“음? 그, 그럴까? 좋아, 이봐! 모두 이각 동안 휴식!”

한바탕 소란은 북궁천에게 많은 이득을 안겨 주었다.

사실 소란이 일어나게 된 원인의 반은 북궁천이 스스로 만들어 낸 것이었다.

처음에는 천광호를 자극해서 그가 자신의 행동에 간섭을 못 하게 하려고 했다. 그리고 모든 것이 뜻대로 됐다.

그런데 천광호에게 괜찮은 면이 있다는 것을 안 그는 방향을 살짝 틀었다. 단순히 간섭을 못 하게 하는 것이 아니라, 아예 자신을 돕게 하면 더 좋을 것 같았던 것이다.

순진한 천광호는 속도 모르고 북궁천의 뜻대로 움직였다.

휴식이 끝나 갈 무렵, 그는 대주들이 모인 자리에 그를 불러서 말했다.

"단화린, 이제부터 너는 수련에서 열외다. 대주 자리를 원하면 언제든 말해."

옆에 있던 삼대의 대주들이 흠칫하며 천광호와 북궁천을 번갈아서 바라보았다.

오른쪽 눈썹 위에 커다란 점이 박힌 자는 일대주 송찬이었고, 바윗덩이처럼 탄탄한 체구를 지닌 자는 삼대주 방수평이었다.

그들은 굴러온 돌에게 자신의 자리를 빼앗길 것이 걱정되는 표정이었다.

하지만 북궁천은 처음부터 대주 자리에 눈곱만큼도 욕심이 없었다.

"그냥 이대에 있겠습니다."

"그래? 그럼 네 마음대로 해. 단, 임무를 수행할 때는 대원으로서 열심히 해야 한다. 그게 싫으면 지금이라도 회룡당을 떠나라."

"그렇게 하지요."

천광호로서도 북궁천의 존재가 기분 나쁠 것은 없었다.

천사교가 준동해서 언제 파견될지 모르는 상황. 고수가 한 사람이라도 더 있으면 그만큼 회룡당 무사들의 생존율이 높아질 수 있는 것이다.

'단화린, 네가 누군지 알려 하지 않겠다. 속은 좀 상해도 패배 역시 상관하지 않겠다. 대신 재수 없게 내 밑에 들어와 궂은 일 도맡아서 하는 이놈들을 부탁한다.'

그는 전부터 알고 있었다. 언젠가 혈풍이 불 거라는 걸. 삼성궁의 몇 사람만이 알고 있는 극비의 정보를 말이다.

수하들을 유난히 닦달한 것도 그 때문이었다. 강해져야 나중에 살아서 볼 수 있을 테니까.

第五章
수상한 죽음

이틀간 회룡당에서만 지낸 북궁천은 시간이 흐를수록 초조함만 더해 갔다.

하루의 시간이 촌각보다 더 빨리 가는 듯했다.

남은 시간은 보름이거늘, 아무것도 해 보지 못한 채 이틀이 물 흐르듯 지나가 버린 것이다.

늦은 밤 모두가 잠들었을 때 설매원을 살펴볼까 하는 마음이 없었던 것은 아니다. 그러나 첫날 밤 소변을 보는 척하며 밖으로 나가 본 후 포기했다.

곳곳에서 타오르는 화톳불로 인해 삼성궁 전체가 밝은 것도 마음에 걸렸고, 헌원려려가 밤에는 밖으로 나오지 않을 터, 그녀를 찾기 위해서 설매원 깊숙이 들어가기에는 부담이 너무 컸다.

그녀를 납치해서 도망칠 것이 아니라면, 자칫 그녀만 힘들게 만들지 모르는 것이다.

그렇게 회룡당에 들어온 지 사흘째 되던 날. 누군가가 천광호를 찾아왔다. 그리고 곧 천광호가 조관을 불러들였다.

조관은 천광호를 만나고 오더니 북궁천에게 다가왔다.

"단화린, 나와 함께 갈 곳이 있네."

의자에 앉아서 차를 마시던 북궁천은 조관을 바라보았다.

"임무라도 떨어졌소?"

"아직 정확한 것은 모르네. 잠은각으로 오라니 가 보면 알겠지. 실력 있는 사람이 필요하다는 말에 당주께선 자네와 함께 가 보라 하셨네."

잠은각(潛隱閣)은 정보 조직을 총괄하는 곳이라 들었다.

왜 그들이 십이당 중에서도 괄시받는 회룡당의 사람을 원하는 걸까?

'가 보면 알겠지.'

북궁천은 찻잔을 놓고 의자에서 일어났다.

"알았소. 그럼 가 봅시다."

조관과 함께 회룡당을 나선 북궁천은 잠은각으로 가는 길의 광경을 머릿속에 세세히 기억해 두었다.

혹시라도 밤에 움직여야 할 일이 있게 되면 큰 도움이 될 테니까.

그런데 회룡당이 멀어질 즈음, 조관이 묘한 표정을 지으며 말했다.

"잠은각은 설매원 옆에 있다네. 잘하면 서문려려를 볼 수 있을지도 모르겠군."

순간적으로 북궁천의 눈 깊은 곳에서 열기가 피어났다.

"잠은각에서 설매원 안을 볼 수 있소?"

"이 층으로 올라가지 않는 이상 담장 때문에 안은 보이지 않네. 대신 문 앞을 지나가야 하기 때문에 잠깐 동안은 안을 볼 수 있지. 사실 저번에도 문 앞을 지나가다가 우연히 봤다네."

북궁천도 지난 사흘 동안 삼성궁의 조직과 인물, 건물 배치 등에 대해서 자세한 것을 교육 받았다.

그래서 잠은각이 설매원과 가까운 곳에 있다는 걸 모르지 않았다. 하지만 그곳을 가며 설매원 안쪽을 엿볼 수 있다는 것은 미처 모르고 있던 터였다.

'려려가 나와 있으면 좋을 텐데…….'

잠은각은 설매원의 담장에서 십여 장가량 떨어진 곳에 있었다.

반듯하게 뻗은 길을 백여 장 걸어가다가 좌측으로 꺾어지자 길게 뻗은 담장이 나타났다.

조관이 기다렸다는 듯 턱짓으로 가리켰다.

"저곳이 설매원이고, 저 건물이 잠은각이네."

잠은각은 설매원의 담장에서 십여 장가량 떨어져 있었다.

잠은각까지 가는 길 중간에 설매원으로 들어가는 입구가 있었고, 그 앞에는 무사 두 명이 삼엄한 눈빛을 빛내며 경비를 서고 있었다.

북궁천은 설매원 입구 앞에 서 있는 경비무사를 의식치 않고 입구 앞까지 걸어갔다.

경비무사가 조관과 북궁천의 복장을 보더니 조소를 지었다.

조관은 상관하지 않고 걸음을 옮겼지만, 북궁천은 그냥 지나치지 않았다.

'잘됐군.'

그는 두 사람 앞에서 걸음을 멈추고 고개를 돌렸다.

설매원 안쪽이 훤히 보이는 곳이었다.

"지금 우리를 보고 비웃은 거요?"

두 경비무사는 북궁천을 가소로운 눈빛으로 바라보았다.

그들이 경비를 서고 있긴 하나 단순한 일반무사들이 아니었다. 삼전 중 검신가의 지휘를 받는 검화전(劍華殿)의 무사들로 회룡당은 그들의 안중에도 없었다.

"웃기는 놈이군. 우리가 언제 너희를 비웃었단 말이냐?"

"그럼 입가에 떠 있는 조소는 뭐요?"

"내가 조소를 짓든 말든 네가 무슨 상관이냐?"

"기분이 나쁘잖소?"

북궁천은 이마를 찌푸리고 받아쳤다.

그러면서도 눈은 한순간도 쉬지 않고 안쪽을 살폈다.

소문대로 설매원 안쪽은 바깥과 딴 세상이라 할 정도로 잘 꾸며져 있었다.

인공과 자연을 절묘하게 배합시킨 정원은 늦가을에 남은 노랗고 빨간 단풍으로 더욱 멋이 풍겨나고, 건물 하나하나가 정원과 조화를 이루어서 선계처럼 아름다웠다.

'려려, 어디 있느냐?'

그 때 조관이 그를 말렸다.

"화린, 그만 가세. 저 사람들도 우리를 보고 비웃은 것이 아니라고 하지 않는가?"

경비무사 중 하나가 막 북궁천을 향해 걸음을 옮기려다가 조관의 말을 듣고 멈칫했다.

"그래도 대주쯤 되니 눈치가 빠르시군."

북궁천은 그 말에 눈살을 찌푸렸다.

"일개 평무사가 대주에게 그따위 말투라니. 윗사람이 누군지 몰라도 수하들을 잘못 가르친 것 같군."

“이놈이 정말……!”

경비무사는 눈을 치켜뜨고 북궁천을 노려보았다.

바로 그 때, 설매원 안쪽의 전각에서 두 여인이 나오더니, 등을 보이며 다른 전각으로 걸어갔다.

비록 뒷모습뿐이었지만, 북궁천은 그중 한 여인이 헌원려려라는 것을 직감적으로 알아보았다.

‘려려……’

당장 달려가서 그녀 앞에 서고 싶었다. 소리쳐 불러 세워서 자신이 왔다는 걸 알리고 싶었다.

하지만 그럴 수가 없다는 걸 알기에 더욱 가슴이 답답했다.

‘내가 왔다, 려려. 고개를 돌려 봐라. 얼굴이라도 보여 다오!’

그런데 하늘도 그의 마음을 알았는가?

헌원려려가 고개를 돌려서 입구를 바라보았다.

북궁천은 숨이 멎는 듯했다.

전과 비교할 수 없을 정도로 아름다웠다.

단순히 오래 떨어져 있어서, 그리움이 사무쳐서 그런 것만은 아니었다.

북천궁에 왔을 때는 수수한 옷차림에 대충 빗어 올린 머리, 화장기 없는 얼굴이었다.

자신이 아무리 좋은 옷을 주고 시비를 붙여 꾸미려 해도 그녀는 변하지 않았다. 그런데 지금은 자신이 꿈꾸었던 모습으로 변해 있었다.

지나치지 않을 정도로 적당히 가꾸어진 얼굴에 눈처럼 하얀 옷을 걸친 그녀는 하늘에서 금방 내려온 선녀가 따로 없었다.

북궁천은 그녀의 그러한 변화가 조금은 야속했다.

하지만 그녀는 입구를 보면서도 북궁천을 알아보지 못했다.

헤어질 때에 비해서 반쪽이 된 몸. 살이 빠지면서 얼굴도 많이 달라졌고, 대충 흘러내린 머리카락마저 얼굴을 절반가량 가리고 있는 상태였다.

더구나 북천의 주인이 삼성궁에 왔을 거라고 어찌 그녀가 상상이나 하겠는가?

그녀는 입구를 보는가 싶더니 곧 고개를 돌리고 다시 전각으로 걸어갔다. 그리고 시녀로 보이는 여인이 문을 열자 안으로 들어갔다.

'후우우우.'

북궁천은 그녀가 전각 안으로 들어간 후에야 속으로 한숨을 내쉬었다.

그와 동시에 경비무사가 싸늘하게 말했다.

"헛소리 그만하고 꺼지지 않으면 후회하게 될 거다, 애송이."

목적을 달성한 북궁천은 그들과의 시비를 그 정도에서 멈췄다.

"오늘은 바쁘니 그만 가겠소. 아! 내 충고 하나 하는데, 지나가는 사람 그런 표정으로 바라보지 마시오. 기분이 무척 나쁘니까."

경비무사에게 한마디 던져 준 그는 상대의 반응을 보지도 않고 몸을 돌렸다.

"뭐야? 뭐, 저런 자식이 다 있어?"

"들어온 지 얼마 안 된 놈 같은데 겁대가리가 없군. 언제 한번 혼이 나 봐야 정신을 차리지……."

경비무사들은 어이가 없는 듯 구시렁거렸지만, 북궁천의 귀에는 아무 소리도 들리지 않았다.

잠시 잠깐이었지만 고개를 돌리기 직전의 헌원려 표정이 밝아 보이지 않았다. 혼인이 얼마 남지 않은 여인이라면 조금이라도 들떠 있어야 하거늘…….

'원치 않는 혼인인 건가? 아니면 다른 이유라도?'

온갖 생각이 뇌리를 흔드는 와중에도 두 눈 깊은 곳에서 이채가 번뜩였다.

만약 혼인에 문제가 있다면, 자신에게는 잘된 일이 아닐 수 없는 것이다.

'좀 더 자세히 알아봐야겠군.'

　　　　*　　　　*　　　　*

　잠은각은 비룡가와 관련된 조직 중 가장 중요한 곳이었다.

　각주인 천유문은 예순다섯 살로 비룡가 가주인 천군호의 숙부였으며, 당연히 천광호에게도 숙부가 되었다.

　그는 천광호가 가장 신뢰하는 가문의 어른이자, 천광호를 미친 호랑이가 아닌 미친 고양이 취급 하는 유일한 사람이었다.

　그는 조관과 북궁천이 안으로 들어가자, 보고 있던 책에서 눈을 떼고 허리를 세웠다.

　"왔군."

　"부르셨습니까, 각주?"

　천유문의 눈이 북궁천을 향했다.

　"저 젊은이는 처음 보는 것 같은데?"

　"며칠 전에 새로 들어왔습니다."

　"그래? 실력이 괜찮은가 보군. 그 덜떨어진 고양이 새끼가 내세운 걸 보면 말이야."

　조관은 얼굴의 상흔을 씰룩이며 겨우 웃음을 참고 말했다.

　"실력은 걱정 안 하셔도 됩니다, 각주."

　천유문은 북궁천을 뚫어지게 바라보더니 고개를 끄덕였

다.

"몸도 좋고, 눈빛도 좋고. 고양이 새끼가 사람 복은 있단 말이야."

그러고는 서탁 위의 책을 덮고 본론을 꺼냈다.

"너희들이 해 줘야 할 일이 있다. 우리 아이들을 시킬까 했는데, 아무래도 우리와 상관없는 사람을 쓰는 게 나을 것 같아서 부른 거다."

"말씀하시지요."

"평산에 가서 몰래 잡아 와야 할 놈이 있다. 어떻게 대하든 상관없다. 그저 목숨만 살려서 내가 말하는 곳으로 데려가라. 두종진이라는 이름을 쓰는 놈인데……."

조관과 북궁천은 천유문을 만난 지 일각 만에 밖으로 나왔다.

그들이 설매원의 입구 쪽으로 다가가자 두 경비무사는 고개를 돌렸다. 상대하기도 싫다는 듯.

덕분에 북궁천은 그들의 눈치를 보지 않고 설매원 안쪽을 살펴볼 수 있었다.

하지만 려려는 보이지 않았다.

한편, 조관과 북궁천이 나간 직후 사십 대로 보이는 중년인 하나가 천유문의 방으로 들어섰다.

그는 천유문 앞까지 다가가서 못 미덥다는 투로 말했다.

"숙부, 저들을 믿어도 되겠습니까? 저들이 진실을 알게 되면 일이 커질지도 모르는데……."

"상관없다. 어차피 저 두 사람은 무슨 일인지 알 수 없을 테니까."

"그럼 일이 끝난 뒤에 제거를……?"

천유문은 고개를 옆으로 꼬고 중년인을 째려보았다.

"네 눈에는 내가 사람 죽이는 것을 닭 목 비틀듯이 하는 사람으로 보이는가 보구나."

"그런 뜻이 아니라……."

"놈에게 무슨 말을 들어도 저들은 사정을 알 수 없다. 어차피 그놈도 앞뒤 잘린 토막 정보만 알고 있을 테니까."

"아, 예."

"맘 같아서는 우리 애들을 쓰고 싶지만, 우리 애들은 최소한 앞이나 뒤 중 하나 정도는 알고 있기 때문에 저들을 부른 거야."

"우리 애들 중에서도 모르는 아이들이 있지 않습니까?"

"쯔쯔쯔, 그 애들이 모른다 해도 동료들과 이야기를 나누다 보면 결국 알게 될 거다. 하지만 저 애들은 우리 애들과 이야기 나눌 기회가 거의 없지. 무슨 말인지 알겠느냐?"

그제야 이해가 된다는 듯 중년인은 고개를 끄덕였다. 그러면서도 뭐가 불안한지 토를 달았다.

“그런데 왜 하필 광호의 아이들을 시키시는 겁니까?”

“광호 그놈이 조금 삐딱하긴 해도 헛된 욕심을 부리는 놈은 아니거든. 그것만 해도 이유는 충분해.”

*   *   *

평산은 삼성궁에서 삼십 리가량 떨어진 곳에 있는 제법 큰 마을이었다.

조관과 함께 삼성궁을 나선 북궁천은 그날 오후 신시 무렵 평산에 도착했다.

그들은 평산에 도착하자마자 ‘한초방(漢草房)’이라는 약초상을 찾아갔다. 그곳의 주인이 바로 천유문이 말한 두종진이었던 것이다.

그들은 먼저 한초방의 위치와 그곳에서 거주하는 사람들에 대한 걸 먼저 조사했다.

한초방에는 모두 세 사람이 있었는데, 삽십 대 장한이 두종진이었고, 스물 전후의 두 청년은 일꾼인 듯했다.

북궁천과 조관은 퇴로까지 모두 확인한 후 길 건너편의 객잔에 들어가서 한초방을 감시했다.

몰래 생포하라 했으니 대낮에 잡을 수는 없는 일. 밤이 되면 움직일 생각이었다.

그런데 유시(酉時:오후5시~7시)가 지나갈 무렵, 두 사람이 막 움직이려 할 때였다.

"으악!"

한초방 쪽에서 외마디 비명이 터져 나왔다.

북궁천과 조관은 객잔의 창문을 통해 밖으로 나와 한초방으로 몸을 날렸다.

그 때 건물 안쪽에서 격렬하게 싸우는 소리가 들렸다. 북궁천은 촌음도 망설이지 않고 닫힌 문을 향해 우장을 휘둘렀다.

쾅!

두꺼운 나무문이 산산조각 나며 안쪽으로 떨어져 나갔다.

조관은 검을 빼들고 즉시 안쪽으로 들어갔다.

북궁천도 그의 뒤를 바짝 따라가며 한초방 내부를 살펴보았다.

구석진 곳에 한 사람이 피를 흘리며 쓰러져 있고, 뒷마당으로 통하는 문이 활짝 열려 있었다.

쓰러져 있는 자는 일꾼 중 하나였는데 이미 죽었는지 피만 쏟아져 나올 뿐 움직임이 없었다.

북궁천은 그의 시신을 지나쳐 격전이 벌어지는 뒷마당으로 나갔다.

바로 그 순간, 뒷마당에서 싸우던 자들 중 하나가 비틀거리며 뒤로 물러섰다.

"크으윽."

 물러서며 신음을 흘리는 그의 가슴에서 뿌연 핏줄기가 뿜어지고 있었는데, 하필이면 자신들의 목표물인 두종진이었다.

 두종진의 가슴을 가른 자는 시커먼 복면을 쓰고 있었다. 그는 북궁천과 조관이 들어서자 땅을 박차고 어둠 속으로 솟구쳤다.

 그 때였다.

 뒷마당으로 뛰어든 북궁천이 땅에 떨어져 있는 칼의 손잡이를 살짝 발로 밟고, 사선으로 머리를 쳐든 칼의 손잡이 끝을 발로 찼다.

 쒜에에엑!

 석자 길이의 칼이 어둠을 일직선으로 가르며 번개처럼 날아갔다.

 복면인은 황급히 몸을 틀며 검을 휘둘렀다.

 쩡!

 어둠을 뒤흔드는 맑은 쇳소리.

 방어를 하느라 진기가 흐트러진 복면인이 땅으로 내려섰다.

 동시에 조관이 검을 앞세우고 그를 향해 날아갔다.

 쩌저저정!

 귀청을 찢는 병장기 격돌음과 함께 두 사람의 검이 불꽃을 튀기며 맞부딪쳤다.

복면인의 무공은 의외라 할 정도로 강했다.

사오초가 지나기도 전에 조관은 온몸으로 전해지는 충격을 버티지 못하고 이를 악문 채 뒤로 밀려났다.

복면인은 물러서는 조관을 쫓지 않고 다시 몸을 날렸다.

그 순간, 가공할 압력과 냉랭한 일갈이 그의 머리 위를 짓눌렀다.

"너는 갈 수 없다!"

기겁한 복면인은 찰나간에 검을 일곱 번 휘둘러서 검막을 펼쳤다.

찰나였다. 달빛을 가르고 떨어진 북궁천의 검이 그가 펼친 검막을 정면으로 내리쳤다.

쾅!

복면인은 허공 이 장 높이에서 유성처럼 내려 꽂혔다.

퍽!

중심을 잡을 새도 없이 땅바닥에 처박힌 그는 안간힘을 쓰며 일어나려 했지만, 몸이 덜덜 떨려서 중심을 잡을 수가 없었다.

"크으으윽!"

그사이 땅에 내려선 북궁천은 성큼성큼 복면인을 향해 걸음을 옮기며 좌장을 흔들었다.

퍼벅!

허공을 격하고 일장을 두들겨 맞은 복면인은 세 바퀴를 구른 후 두 손을 땅을 짚고 겨우 머리만 쳐들었다.

"으으으으, 대, 대체 너는 누구……?"

북궁천은 손가락을 튕겨 그의 마혈을 제압했다.

"잠깐 기다려라. 먼저 볼일이 있으니까. 허튼 수작 부리면 팔다리를 부러뜨릴 것이니 얌전히 기다리도록."

고저 없이 나직한 어조로 경고를 준 그는 두종진의 몸 상태를 살펴보았다.

조관은 두어 번의 심호흡으로 흔들린 진기를 안정시키고 그의 옆으로 다가갔다.

단화린이 강하다는 것은 익히 알고 있었다.

아무리 그렇다 해도 자신을 일거에 패퇴시킨 자를 단숨에 쓰러뜨릴 줄이야!

더구나 일련의 과정에서 보여 준 그의 행동은 숨이 막힐 정도였다.

'당주가 어째 단화린에게 저자세를 보인다 했더니……'

그날 그 싸움에서 뭔가 자신들이 모르는 일이 있었던 것 같다.

도대체 단화린의 진정한 정체는 뭘까? 왜 저런 실력으로 회룡당에 들어온 걸까? 무슨 목적이 있기에.

그는 온갖 궁금함을 가득 품은 눈으로 북궁천의 등을 바라보았다.

그사이 북궁천은 두종진의 가슴을 가볍게 두어 번 두들겼다.

웩, 웨엑!

피를 두어 사발 토해 낸 두종진은 몸을 부르르 떨었다.

북궁천은 두종진의 맥을 짚어 보고 눈살을 찌푸렸다.

"조 대주, 주맥이 끊겨서 오래 못 갈 것 같소."

조관도 급히 그의 곁으로 다가갔다.

"그럼 어떻게 했으면 좋겠는가? 자네 생각을 말해 보게."

"각주가 이자를 잡으려 했을 때는 그만한 이유가 있을 것이오. 내 생각에는 이자가 알고 있는 어떤 정보 때문이 아닌가 싶은데. 그렇다면 그것만 알아내면 될 것 같소."

"심장이 뚫린 것 같은데, 알아낼 수 있겠나?"

"몇 마디 정도는 들을 수 있을 거요. 시간이 없으니 대주가 결정을 내리시오."

"알았네. 그럼 자네가 알아서 하게."

북궁천은 조관이 말하자마자 두종진의 심장을 한 손으로 눌렀다. 그리고 다른 한 손으로 재빨리 혈도 세 곳을 짚었다.

두종진이 부들부들 떨더니 눈을 홉뜨고 고통에 찬 신음을 흘렸다.

"끄으으으."

북궁천은 그런 두종진을 냉엄한 목소리로 압박했다.

"두종진, 저자가 너를 죽이러 왔을 때는 그만한 이유가 있었을 것이다. 가슴 속에 쌓인 게 있으면 말하라. 그럼 편히 죽게 해 주마."

두종진은 흡뜬 눈을 틀어 북궁천을 바라보았다.

"나, 나는…… 그자들이 설마…… 그런 짓을 저지를 줄은 몰랐……."

"무슨 말이냐? 누가 무슨 짓을 저질렀단 거지?"

"그들…… 정체는 자세히 모르…… 젊은 자들…… 재미로 사람을…… 여자를…… 제정신이 아니었…… 비명을…… 피를…… 즐기는 것처럼…… 악마 같은……."

목소리가 거의 들리지 않을 정도로 낮았다. 하지만 고요한 밤이어서 아주 못 들을 정도는 아니었다.

조관은 그의 말을 들으며 등골이 오싹했다. 북궁천조차 피가 싸늘히 식는 기분에 표정이 굳어졌다.

두종진은 몸을 더욱 거세게 떨더니 다시 피를 토했다. 그리고 두어 번 숨을 껄떡거리더니, 눈을 흡뜬 채 머리를 떨궜다.

북궁천은 그의 몸을 놓고 일어서서, 쓰러져 있는 복면인에게 다가갔다.

"귀가 있으니 들었겠지?"

그는 냉랭히 말하며 복면을 벗겼다.

달빛 아래 비친 복면인의 얼굴은 삼십 대 중반 정도로 보였는데 의외로 청수한 인상이었다.

"그대 때문에 우리의 임무가 실패로 돌아갔다. 그만한 대가는 해야겠지? 자, 이제 그대가 아는 걸 말해 봐라. 두종진은 누구를 말하고 있는 거지? 왜 두종진을 죽이려 한 거지?"

북궁천이 나직이 윽박지르자 장한은 입술을 비틀며 웃었다.

"너는 내 입에서 아무 말도 들을 수 없을 거다."

순간 그의 눈동자가 붉게 충혈되는가 싶더니 입에서 피를 뿜으며 엎어졌다.

조관이 급히 허리를 숙이고 그의 맥을 잡더니 고개를 저었다.

"잠력을 격발시켜서 스스로 맥을 끊은 것 같네."

북궁천은 장한의 결단력에 눈살을 찌푸렸다.

어떤 자들인데 이리 독하단 말인가? 누구를 위해서 목숨을 버린단 말인가?

"이자가 누군지 알겠소?"

어둠이 깔린 밤이지만 달빛이 밝아서 얼굴을 알아보는 것은 어렵지 않았다.

그러나 장한은 조관이 한 번도 보지 못한 자였다.

"처음 보는 자네."

"삼성궁에서 조 대주가 못 알아볼 만한 자가 얼마나 되오?”

“본 궁의 무사는 이천이나 되네. 한 번도 못 본 자가 수백 명은 될 거네.”

“그중에서 이 정도의 실력을 지닌 자를 꼽으라면?”

조관은 북궁천의 뜻을 알고 이마를 찌푸리더니 조금 자신 없는 투로 말했다.

“그래도 칠팔십 명은 될 거네.”

“그렇게 많소? 간부들은 거의 다 알 거 아니오?”

“간부들이야 거의 다 알지. 문제는 비밀리에 임무를 수행하는 자들이네. 그들은 숫자가 얼마나 되는지, 어떤 자들인지 알 수가 없네.”

“그럼 이자가 그런 자들 중 한 명일 수도 있겠구려.”

“그럴지도…… 그런데 자네는 이자를 본 궁의 사람이라고 단정하는 것 같군.”

“아닐 수도 있을 거요. 하지만 우리는 잠은각의 명령을 받고 두종진을 잡으러 왔소. 그런데 때맞춰서 두종진을 죽이려는 자가 나타났소. 조 대주는 그런 일이 우연하게 벌어질 확률이 어느 정도나 된다고 보시오?”

조관은 마땅히 대꾸할 말이 없었다.

북궁천은 조관을 더 몰아붙이지 않고 움직임이 멈춘 장한을 내려다보았다.

“두종진과 이자의 시신을 함께 가져가야겠소.”

“시신을?”

“때로는 죽은 자가 말할 때도 있는 법이니까.”

＊　　　＊　　　＊

두종인을 데려가기로 한 장소는 삼성궁에서 십 리가량 떨어진 곳에 있는, 장원이라기도 뭐할 정도로 작은 장원이었다.

그곳은 잠은각이 비밀스런 일을 진행할 때 사용하는 외부의 안가(安家)로, 북궁천과 조관이 정체불명인의 시신을 가지고 도착했을 때 이미 잠은각에서 두 사람이 나와 있었다.

“두종진이 이자에게 죽었다고?”

두 사람 중 사십 대의 중년인이 물었다.

조관은 그를 아는 듯 고개를 숙였다.

“그렇습니다, 령주. 생각지도 못한 일이어서 그만…… 죄송합니다.”

“됐다. 그 일은 우리도 몰랐던 일이니까. 그런데 그가 남긴 말은 없나?”

질문을 던지고 쳐다보는 눈길이 스산하다.

북궁천은 조관이 대답하기 전에 먼저 입을 열었다.

“심장이 뚫려서 말할 수가 없는 상태였습니다.”

조관은 움찔했지만 아무런 말도 하지 않았다.

잠은각 좌우령주 중 좌령주인 천종원은 두종인의 시신을 본 터라 의심을 품지는 않았다. 두종진은 북궁천이 말한 대로 심장이 뚫려 있었다. 심장이 뚫린 자가 말해 봐야 몇 마디나 할 수 있겠는가?

"아쉽군. 유일한 목격자였는데 말이야. 좌우간 수고했다. 그나마 이자라도 잡았으니 다행이야."

북궁천은 두종진의 말이 떠올랐다.

역시 이들은 그 일 때문에 두종진을 잡으려 했던 것 같았다. 그렇다면 두종진이 말한 '그자들'에 대해서 알고 있을지도 몰랐다.

하지만 북궁천은 그에 대해서 일절 묻지 않았다.

더 깊이 알아서 좋을 게 없었다.

대신 그는 정체불명의 시신에 대해서 물어보았다.

"저자가 누군지 아십니까?"

천종원은 시신의 얼굴을 쳐다보면서 담담히 말했다.

"이제부터 알아봐야지."

북궁천은 그쯤에서 질문을 접었다.

"그럼 저희들은 가 봐도 되겠습니까?"

"그래, 가 보도록 해라."

장원을 나오자 조관이 북궁천을 바라보았다.

“왜 거짓말을 했나?”

“두종진의 말에서 정확한 것이 있었소? 그자들이 누군지, 무슨 일이 벌어졌는지.”

대략적인 것만 들었을 뿐, 확실한 것은 아무 것도 없다.

“어차피 들었으되 듣지 않은 거나 마찬가지요. 그런데도 우리가 그 말을 했으면 그는 우리가 더 자세한 것을 들었을 거라 생각하고 계속 추궁했을 거요. 그럴 바에는 차라리 아무것도 못 들은 것으로 하는 게 낫소.”

조관은 그제야 고개를 끄덕였다.

“하긴 그것도 그렇군. 그런데 대체 무슨 일인지 모르겠군.”

“나도 궁금하오. 하지만 알려 하지는 마시오. 오래 살고 싶다면 오늘 일에 대해서 잊는 게 좋을 거요.”

조관은 가슴이 싸늘해졌다.

“알겠네.”

“아, 그래도 혹시 모르니 오늘 내 손에 죽은 자의 정체나 한번 알아보시오. 그자의 동료들이 우리를 노릴지도 모르는데, 멋모르고 있다가 뒤통수를 맞을 수는 없지 않소?”

그 역시 틀린 말은 아니었다.

“한번 알아보지.”

第六章
동행(同行)

회룡당에 들어온 지 닷새가 지났다.

그사이 이정한을 비롯한 태극문 제자들과 이조량은 비무를 통해서 자신들에 대한 인식을 확실히 심어 주었다.

수련 중에 벌어진 십여 번의 비무에서 일반 무사들 누구도 그들을 이기지 못한 것이다.

더구나 그런 실력으로도 다른 사람들보다 배는 더 열심히 수련을 하니, 회룡당의 기존 무사들은 그들을 인정하지 않을 수 없었다.

특히 이조량은 북궁천의 말을 들은 이후로 많은 변화를 보였다.

그는 자신을 과시하지도 않지만, 실력을 완전히 감추지도 않았다. 적당히 드러낸 그의 실력은 대주인 조관조차 어려워할 정도였다.

마음이 약한 것만 빼면 능히 일류고수 소리를 들을 수 있을 듯했다.

그 바람에 조관만 골치가 아팠다.

북궁천이야 말할 것도 없고, 이정한을 비롯한 태극문 제자들이나 이조량은 회룡당의 일개 평무사로 지낼 만한 자들이 아니었다.

그런데 한꺼번에 다섯이 회룡당에 들어와 일반 무사로 지내고 있으니 마음이 불편할 수밖에 없었다.

"이조량, 자넨 왜 삼성궁에 들어왔나?"

조관이 도무지 알 수 없다는 표정으로 묻자, 이조량은 살짝 붉어진 얼굴로 대답했다.

"천사교가 준동했다고 해서 정의를 위해 싸울 곳을 찾아왔습니다."

그 말에 북궁천이 힐끔 이조량을 쳐다보았다.

정의를 위해 싸운다? 의협지사가 되겠다는 건가? 설마 이조량도 여자 때문에 그런 것은……

그 때 조관이 다시 물었다.

"무림맹이나 천무회, 백검맹도 있지 않은가?"

"무림맹은 저 같은 사람을 받아 주지 않을 것 같았습니다.

그리고 천무회는 너무 패도적이라 가기가 싫었고, 백검맹은 섬서에서 너무 멀리 떨어져 있어서 가지 않았습니다.”

“무림맹에서 왜 안 받아 줄 거라고 생각한 거지?”

이조량은 잠시 머뭇거리더니 쓴웃음을 지으며 말했다.

“제 선친께서는 생전에 전응비검이라는 별호로 불리셨는데, 무림맹은 선친을 백도의 검객으로 인정하지 않았지요.”

조관은 전응비검이라는 별호를 아는 듯 눈을 크게 떴다.

“아, 그럼 자네가 전응비검 이추관 대협의 아들이란 말인가?”

“예, 대주.”

“그런데 왜 서기에게 말하지 않았나? 선친이 누구라는 걸 말했으면 서기가 적었을 것이고, 모집관들이 그걸 봤으면 좀 더 좋은 곳으로 배정했을 텐데.”

“선친의 이름을 빌리고 싶지 않았습니다. 그런데 제가 머뭇거리니까, 서기가 짜증을 내면서 밑에 뭐라고 적더군요.”

“서기가? 뭐라고 적었지?”

“회룡당 추천이라고…….”

순간, 한쪽에서 듣고만 있던 이정한과 동호량과 초강이 서로의 얼굴을 바라보았다.

“우리도 그렇게 적던 것 같던데…….”

북궁천은 아무 말도 하지 않았다. 서기의 감정을 제일 먼저 건드린 게 자신이란 걸 아는 것이다.

그는 화살이 자신에게 날아오기 전 화제를 돌렸다.

"그보다 대주, 천사교를 치기 위해서 무사들을 파견할 거라는 말이 돌던데, 아는 거라도 있소?"

조관의 표정이 침중해졌다.

"나도 조금 전에 들었네. 곧 대대적인 파견이 있을 것 같더군."

"그럼 우리도 가게 되오?"

"당연히 가게 되겠지. 싸움이 벌어지면 뒤처리하는 게 우리 임무 아닌가?"

"그럼 소궁주의 혼인 문제는 어떻게 되는 건지 모르겠구려."

"아무래도 혼인식은 치르고 나서 파견하겠지. 이미 많은 곳에 연락을 해서 취소하지도 못할 테니까 말이야."

'젠장, 피비린내 나는 싸움이 코앞인데 지금 혼인식을 할 때야?'

북궁천은 천사교가 조금 더 빨리 하남 쪽으로 몰려오기를 바랐다.

'굼벵이 같은 놈들. 어차피 공격할 거면 빨리 오지, 뭐 하느라 뜸을 들이는 거야?'

이제 열흘가량 남았다. 그 안에 큰일이 없는 한 혼인식은 예정대로 열릴 것이다.

'별수 없이 려려를 납치해서 도망쳐야 하나?'

갈등이 일었다. 그녀가 구양우경과 함께 잠자리에 든다는 것은 생각만 해도 심장이 터질 일이었다.

그런데 그 때였다.

콰당!

문이 거세게 열리더니 다급한 외침이 들렸다.

"대주! 당주께서 급히 오시랍니다! 천사교 놈들이 동진하고 있어서 출동할지 모른다는 소식입니다!"

*　　*　　*

삼성궁의 대소사를 관장하는 천성전에 수십 명의 최고위급 간부들이 두 줄로 앉아서 상석을 바라보았다.

"궁주, 천사교가 하남 쪽으로 오고 있다는 게 사실이오?"

앞쪽에 앉아 있던 삼성궁의 대장로 구양초관이 모든 사람을 대표하듯 상기된 목소리로 물었다.

상석에는 초로의 중년인이 무거운 표정으로 앉아 있었는데, 그가 바로 삼성궁의 궁주, 구양환이었다.

"그렇습니다, 숙부."

그는 묵직한 목소리로 대답하고 간부들을 둘러보았다.

"화산과 종남을 공격한 후, 상주에 있던 놈들이 상남의 철은보를 접수하고는 그곳으로 집결하고 있다는 소식이오. 당시까지 확인된 숫자는 모두 칠팔백 정도이고, 지속적으로 모여든다 했으니 적어도 일천은 넘을 거요. 아무래도 화산과 종남의 본산을 공격하는 게 쉽지 않다 보니 우리 쪽으로 눈을 돌린 것 같소."

간부들이 여기저기서 웅성거렸다.

"그놈들이 정말 쳐들어올 줄은 몰랐구려."

"철은보가 힘 한 번 못 써 보고 당하다니……."

"허어, 소궁주의 혼인식이 얼마 남지도 않았는데……."

딱딱.

구양환이 손잡이를 두드려서 사람들의 입을 막았다. 그리고 자리에서 일어나 웅혼한 목소리로 말했다.

"놈들이 몰려오고 있는데 어찌 우경의 혼인이 문제겠소? 그 일은 차후로 미룰 것이니 놈들을 물리칠 방도를 짜 보도록 하시오."

북궁천은 구양환의 결정에 주먹을 불끈 쥐고 환호했다. 하지만 설매원에 있는 한 사람은 간부회의의 결과를 듣고 실망을 금치 못했다.

"숙부님, 아버님께서 정말 혼인식을 미루겠다고 하셨단 말입니까?"

구양환의 셋째 동생인 구양영은 씁쓸한 표정으로 말했다.

"그래. 이 판국에 잔치를 벌일 수는 없는 일 아니겠느냐?"

"손님도, 잔치도 필요 없이 조용히 치르면 될 것 아닙니까?"

"허어, 어찌 삼성궁 소궁주의 혼인식을 손님도 없이 치른단
말이냐?"

구양우경의 하얀 얼굴이 더욱 하애졌다.

은근히 짜증이 났다.

그토록 기다리던 날이 코앞으로 다가왔거늘, 엉뚱한 일로
인해서 미뤄지다니.

"본 궁의 무사들은 언제 출동하게 됩니까?"

"내일 선발대 오백 명이 먼저 출발하기로 했다. 아마 모레
까지는 계획된 인원 모두가 출동하겠지."

그 말에 구양우경의 붉은 입술이 살짝 비틀렸다. 조소인지
각오를 다지는 것인지 모를 괴이한 표정이었다.

"저도 이번 싸움에 나서겠습니다."

구양영은 구양우경의 말에 놀란 표정을 지었다.

평소 외부에 나서기 싫어하는 조카가 전장에 나서겠다니.
뜻밖이 아닐 수 없었다.

"정말 나설 생각이냐?

"놈들을 하루라도 빨리 물리치려면 한 사람이라도 더 나서
야 하지 않겠습니까?"

구양영은 그의 참전을 내심 반겼다.

구양우경은 삼성궁 전체를 통틀어도 열 손가락 안에 들 정
도의 고수다.

아마 구양우경이 세상에 나가면 강호가 경이의 눈으로 쳐
다볼 것이다.

그러면 삼성궁의 위상도 그만큼 높아질 것이고, 구양우경
이 차대 궁주가 되어도 누구 하나 의문을 품지 않게 될 것이
분명하다.

어느 모로 보나 그의 출전이 삼성궁의 입장에선 나쁠 게 없
는 것이다.

"네 뜻이 그렇다면 형님께 말씀드려 보마."

그 때 구양우경이 넌지시 한 가지 요구를 덧붙였다.

"출전할 때 려 매도 데려갈 것이니 그리 말씀드리십시오."

*　　*　　*

"놈들에게 상남의 철은보가 무너져서 내일 오전에 출전한
다고 한다. 모두 무기를 점검하고 각자의 소지품을 잘 챙겨
놓도록."

회룡당주와 만나고 온 조관의 말에 북궁천은 웃음이 터지
려는 것을 가까스로 참았다.

'하늘도 두 사람의 혼인식을 반대하는 모양이군. 면산에서
부처님께 빌은 효과가 이제야 나타나는 건가?'

그래도 겉으로는 무거운 표정을 지으며 말했다.

"어느 정도 인원이 가는 것이오?"

"선발대로 오백 정도가 간다고 하는군. 그리고 뒤이어서 오백이 더 갈 것 같네. 좌우간 이번 일로 소궁주의 혼인식은 싸움이 끝날 때까지 미뤄질 것 같아."

당연히 그래야지!

전쟁이 터진 판에 혼인식을 올리는 게 말이 되나?

"소궁주도 재수가 없군."

북궁천은 안됐다는 듯 말하면서 부지런히 머리를 굴렸다.

'천사교는 사악한 마도로 낙인찍혔으니, 놈들을 물리치고 공을 세우면 려려도 나를 대협으로 인정하지 않을까? 그럼 그때 가서 정정당당하게 그녀를 데리고 떠날 수 있을 거 같은데……'

하지만 그러한 것도 그녀가 자신을 싫어하지 않을 때 이야기였다.

'상황을 봐서 그녀를 한번 만나 봐야겠어.'

그동안은 그녀가 싫어할까 봐 두려워서, 그녀에게 해가 될까 봐 미안해서 망설였다. 기회를 잡기도 쉽지 않았고.

그러나 싸움이 벌어지면 기회가 생길 터, 더 늦기 전에 그녀의 뜻을 확실히 알아 놓아야 했다.

그래야 여차하면…….

'려려를 그놈에게 넘겨줄 순 없지!'

그런데 아침이 되자 뜻밖의 소식이 전해져서 북궁천의 가슴을 들뜨게 했다.

신룡공자 구양우경이 검신가를 대표하는 검신령주로서 선발대와 함께 출전하기로 했다는 것이다.

거기다 더해 혼인할 여인도 함께 간다고 한다. 헌원려려를 말이다.

"우리는 전면에 나서지 않고 후방에서 상황에 따라 움직이게 될 것이다! 모두 각오 단단히 하도록!"

천광호의 목소리가 회룡당의 앞마당에 울려 퍼지는데도 북궁천의 마음은 온통 헌원려려에게 가 있었다.

헌원려려가 위험할지 모른다는 점이 걱정되긴 하지만, 둘을 이곳에 놔두고 가는 것보다는 나았다.

'구양우경도 려려가 위험해지도록 놔두진 않겠지?'

정 위험해지면 자신이 데리고 북천까지 튀면 되니 나쁠 것은 없었다.

아니, 그렇게 되기를 더 바랐다.

그 때 한바탕 연설을 끝낸 천광호가 회룡당 무사들을 쓱 둘러보며 마지막으로 한마디 덧붙였다.

"모두 살아서 이 자리로 돌아오기 바란다."

*   *   *

사시(巳時:오전9시~11시) 초.

삼성궁의 정문이 활짝 열렸다.

둥! 둥! 둥! 둥!

출전을 알리는 북소리가 끊임없이 울려 퍼지고, 오백 명에 이르는 무사들이 열을 지어 정문을 나섰다.

회룡당은 선두에 끼지도 못하고 뒤로 처져서 대열을 따라나섰다.

북궁천은 차라리 그게 더 나았다.

구양우경과 장로를 비롯한 간부들, 그리고 한 채의 가마가 저만치 뒤에서 따라오고 있었다.

덕분에 그는 주위를 돌아보는 척하며 구양우경을 볼 수 있었다.

호위무사들에게 둘러싸인 그는 백색과 청색으로 어우러진 비단 무복을 걸치고, 등에는 고급스런 수실이 달린 검을 매고 있었다.

하얀 얼굴은 신룡공자라는 별호만큼이나 준수했고, 당당한 모습은 삼성궁의 차대 궁주라기에 부족함이 없어 보였다. 그런데 북궁천은 그를 보면서 이상할 정도로 기분이 나빴다.

'정말 미끈하게 생긴 놈이군.'

너무 잘생겨서 탈이었다. 소문으로 듣긴 했지만, 직접 본 그는 전설의 송옥이나 반안보다 더 잘생긴 듯했다.

헌원려려도 여자가 아닌가?

저런 놈과 함께 있었으니 지금쯤 그녀의 마음은 온통 저놈

으로 가득 찼을지도 몰랐다. 하지만 기분 나쁜 이유가 꼭 그
것 때문만은 아니었다.

구양우경을 호위하는 십여 명의 무사들. 그들이 이상할 정
도로 신경 쓰이는 것이다. 모두가 처음 보는 자들이거늘.

'비밀 호위인 모양이군. 저놈들이 가까이 있으면 려려에게
몰래 접근하기가 쉽지 않겠는데?'

그 때 조관이 그의 옆으로 다가오더니 나직이 말했다.

"소궁주의 호위들은 검신가를 암중에서 지킨다는 수룡위
사대(守龍衛士隊) 같군."

북궁천의 두 눈 깊숙한 곳에서 한광이 번뜩였다.

수룡위사대는 모두 서른여섯 명으로 이루어졌다고 했다.
그들은 삼성궁주인 구양환과 소궁주 구양우경, 그리고 검신
가의 최고위층을 암중에서 호위하는 게 임무였다.

급박한 상황이 닥치면 가장 먼저 저들과 대치하게 될지도
모를 일. 북궁천은 조관에게 넌지시 물었다.

"조 대주, 수룡위사대에 대해서 잘 아시오?"

"아는 사람이 거의 없네. 솔직히 오늘 저자들이 나오지 않
았으면 길거리에서 마주쳐도 몰라봤을 거네."

그 말을 들은 북궁천의 뇌리에 문득 한 가지 가정이 떠올
랐다.

'혹시 두종진을 죽인 자도 수룡위사대……?'

확실한 것은 아무것도 없었다. 조관이 모르는 사람들이라

는 것만으로 그들을 의심하는 것은 지나친 비약일 수도 있었
다.

하지만 극히 적은 가능성이긴 해도 의심이 가는 것 또한
사실이었다.

'언젠가는 알게 되겠지.'

*　　*　　*

초겨울 바람이 늘어진 주렴을 비집고 안으로 스며든다.

조금 차갑게 느껴지지만 헌원려려는 창을 닫지 않았다. 차
가운 바람이 답답한 것보다는 나았다.

설매원은 무척 넓었다. 하지만 그녀에게는 감옥과 같은 곳
이었다.

마음대로 어딜 갈 수도 없고, 허락되지 않은 사람은 만날
수도 없고, 말과 행동조차 자신의 뜻대로 할 수가 없었다.

철창에 갇힌 다람쥐나 다름없는 신세.

그나마 사흘에 한 번 보는 진아 때문에 겨우 견딜 수 있었
다.

구양우경은 유난히 진아 문제를 신경 썼다. 너무한다 싶을
정도로 진아를 사람들과 철저히 격리시켰다.

진아에 대해서 아는 사람은 의원과 진아를 돌보는 시비뿐.
심지어 자신조차도 다른 사람들이 이상하게 생각할까 봐 자

주 만나지 못하게 했다.

만날 때도 어미와 자식이라는 내색을 하지 못하게 했고.

아마 삼성궁 내에서 진아가 자신의 자식이라는 걸 아는 사람의 숫자는 다섯 명도 안 될 것이다.

그나마 다행이라면 그가 진아를 싫어하지 않는다는 것이다. 어떤 때는 정말 진아의 아버지라도 되는 것처럼 살갑게 굴기도 했다.

하지만 그녀는 그가 아무리 진아를 위해도 마음이 기울지 않았다.

'정말 소궁주와 혼인하는 게 옳은 걸까?'

그녀는 하루에도 몇 번씩 되뇌던 고민을 또다시 떠올렸다.

진아를 위해서 이 자리에 서 있다.

아니, 어쩌면 헌원가를 위해서일지도 모른다.

고모부는 자신이 구양우경과 혼인을 하면 전력을 다해서 헌원가의 재건을 돕겠다고 했다. 고모부가 아니어도 소궁주의 부인이 되면 자신의 힘으로 가문을 재건할 수 있을지도 모르고.

그래서 마지못한 마음으로 여기까지 왔거늘, 시간이 갈수록 후회가 되었다.

사랑하는 마음이 없어도 살다 보면 정이 들겠지 했는데, 아무래도 그게 아닌 것 같았다.

더구나 소궁주 구양우경은 일반 사람과는 전혀 다른 생각을 가진 사람이었다.

모든 걸 포기한 자신을 지치게 할 정도로.

심지어 어떤 때는 섬뜩한 생각이 들 때도 있었다.

'성격이 그 사람의 반만 따라가도 괜찮을 텐데.'

문득 오래전의 일이 떠오르자 입가에 슬며시 웃음이 매달렸다.

그는 자신을 즐겁게 해 주기 위해서 잘하지도 못하는 농담을 하고는 자신이 웃지 않자 시무룩한 표정으로 물었었다.

"려려, 나는 사람 웃기는 재주가 없나 보다. 어제 하
루 종일 연습했는데도 이러니……."

그러다 자신이 한 번 웃으면 세상을 얻은 것처럼 즐거워했었다. 마치 어린아이처럼.

그가 북천궁의 주인이 아닌 평범한 사람이었다면 그녀는 그를 따랐을 게 분명했다.

그날 그 일만 아니었어도…… 몇 달만 더 그가 참았어도…….

'그랬으면 내 마음의 벽도 무너졌을지 모르는데…….'

그녀는 지금 자신이 그토록 원하던 정파의 품 안에 있었다.

하지만 마음은 패도제일이라는, 중원에선 마도로 치부하는 북천궁에 있을 때보다 더 답답하고 불안했다.

지금 그를 만나면, 그때처럼 자신 있게 대협이 되라고 말할 수 있을까?

그녀는 생각만으로도 얼굴이 화끈거렸다.

그리고 아직 진아에 대해서 모르고 있을 그에게 한 없이 미안했다.

'미안해요, 정말 미안해요.'

그 때 주렴 사이로 저만치 걸어가는 사람의 뒷모습이 보였다.

키가 상당히 컸다. 그녀가 아는 누구만큼이나.

그녀는 그를 보면서 피식 웃었다.

'그 사람도 살 좀 빼야 되는데. 저 사람 봐, 얼마나 멋진 몸이야.'

그녀가 북천궁주와 앞에 가는 무사를 비교하며 소리 없이 웃고 있는데 옆에서 구양우경의 목소리가 들렸다.

"불편하지 않소?"

고개를 돌린 그녀는 창문을 바라보며 담담히 말했다.

"괜찮아요. 흔들림이 없어서 편해요."

"다행이오. 하하하, 불편하면 언제든 말하시오."

북궁천은 구양우경의 웃음소리가 들리자 고개를 자연스럽게 돌리며 가자미눈으로 뒤를 바라보았다.

뭐가 그리 좋은지 구양우경이 가마 안을 바라보며 환하게 웃고 있었다.

그 모습을 보니 가슴이 쇠갈퀴로 긁힌 듯 무척이나 쓰렸다.

자신이 저 자리에 서 있어야 하거늘……

＊　　　＊　　　＊

다음 날 오후, 삼성궁 무사들은 서협의 진원보에 도착했다.

진원보는 삼성궁의 분타 역할을 하는 곳이었는데, 다행히 천사교의 공격을 받지 않은 상태였다.

그들이 도착한 지 한 시진이 지날 무렵, 정보를 총괄하는 잠은각의 우령주 곽조승이 굳은 표정으로 보고를 올렸다.

"놈들의 숫자가 일천을 넘었다 합니다, 전주."

팔짱을 낀 채 가만히 듣고 있던 백발노인이 물었다.

"놈들은 지금 어디까지 왔는가?"

그가 바로 선발대의 총지휘책임자인 도무전주(刀武殿主) 선우강이었다.

"서평의 광원산장을 장악하고는 그곳에서 후속대가 도착하길 기다리고 있는 것 같습니다."

선우강은 좌중에 앉아 있는 간부들을 바라보았다.

앞에는 그와 곽조승을 제외하고, 네 명의 장로와 십이당 중 오당의 당주, 그리고 구양우경이 앉아 있었다.

"놈들의 정확한 힘을 알기 위해서 시험을 해 봐야 할 것 같은데, 누가 나서겠나?"

턱수염이 장비처럼 뻣뻣하게 난 중년인 하나가 턱을 쳐들고 말했다.

"저희가 한번 놈들을 건드려 보겠습니다, 전주."

그는 십이당 중 하나이며 신도가에 속한 도화당(刀火堂)의 당주 구철산이란 자로, 성격이 괄괄하고 의기(義氣)가 강한 것으로 유명했다.

"좋다. 그럼 네게 맡길 테니, 너무 깊이 들어가진 말고 적당히 치고서 빠져라."

"하하하, 너무 걱정 마십시오. 천사교 놈들은 우리 삼성궁의 상대가 되지 못합니다. 놈들이 우리를 화산과 종남처럼 생각했다가는 큰코다칠 겁니다."

구철산은 자신만만하게 소리쳤다.

선우강은 그런 구철산의 호기를 눌렀다.

"방심하지 마라, 구 당주. 화산과 종남이 약해서 놈들에게 당한 것이 아니야."

찔끔한 구철산은 자라목처럼 머리를 쑥 집어넣었다.

"아, 예. 전주."

"분명히 말하지만 시험을 하기 위한 것이니, 전면전은 최대한 피하도록 해라."

“명대로 하겠습니다.”

북궁천은 백 명에 가까운 도화당 무사들이 진원보를 빠져나가는 것을 바라보았다.

“드디어 시작인 모양이군.”

뒤에서 조관이 나직이 중얼거렸다.

싸움이 시작되었다는 것은 회룡당 무사들이 임무를 수행할 시간이 다가오고 있다는 뜻.

북궁천의 눈빛이 무저갱처럼 깊어졌다.

스무 살 때부터 대규모의 전쟁을 치른 그였다. 그것도 수천의 무사들을 이끌고 수천 리를 종횡하면서.

하기에 그는 도화당이 나서는 목적을 어렵지 않게 유추했다.

‘적의 힘을 측정해 보겠다는 건가?’

그 말인 즉, 삼성궁은 천사교의 무력에 대해서 아직까지 정확하게 파악하지 못했다는 말이기도 했다.

반면 천사교는 삼성궁에 대해서 자세히 알고 있을 것이고.

삼성궁의 힘이 천사교보다 월등하게 강하지 않다면, 시작부터 밀리고 들어가는 싸움이 아닐 수 없었다.

‘좋지 않아. 인원을 대규모로 보내는 것보다는 희생을 각오하고서라도 일부만 보내는 게 나은데. 아니면 고수들만 몇 보내든가.’

만약 도화당이 큰 피해를 입는다면 전력에 커다란 공백이
생기는 꼴이 될 것이다.

*　　*　　*

북궁천의 우려는 그날 밤에 현실로 나타났다. 도화당 무사
구십 명 중 십여 명만이 살아서 돌아온 것이다.
그런데 돌아오지 못한 자들 중에는 당주인 구철산도 있었
다.
선우강은 살아서 돌아온 자들의 보고를 받고 노성을 내질
렀다.
"이런 바보 같은 놈! 내 그렇게 깊이 들어가지 말라 했거
늘!"
살아서 돌아온 자는 바닥에 무릎을 꿇고 격정에 찬 목소리
로 외쳤다.
"당주께선 저희들을 보내고 혼자서 적을 막아섰습니다, 전
주!"
도화당과 마주친 적은 모두 백오십 명 정도.
구철산은 충분히 상대할 수 있다 생각하고는 그들과 정면
으로 부딪쳤다. 어느 정도 싸우다가 안 되겠다 싶으면 후퇴할
생각을 하고서.
그런데 예상보다 적의 움직임이 빨라서 후퇴할 시간도 없

이 퇴로를 봉쇄당하고 말았다.

양면협공을 받는 꼴이 되어 버린 상황.

그때만 해도 구철산은 자신이 있었다. 천사교의 잡졸들이 삼성궁의 정예를 상대할 수 있으랴 하는 마음이었던 것이다.

하지만 적들의 무공은 구철산이 예상했던 것보다 더 강했다. 그가 아차 했을 때는 이미 삼십여 명이 쓰러진 상태였다.

결국 그는 수하들을 후퇴시키기 위해서 자신의 목숨을 걸어야만 했다.

선우강은 분노를 억누르고 좀 더 자세한 것을 물었다.

"그곳에서 빠져나온 것은 너희들뿐이냐?"

"저희들 외에도 십여 명이 더 빠져나왔는데, 흩어지는 바람에 찾을 수가 없어서 일단 저희들부터 복귀했습니다."

선우강은 고개를 돌려 곽조승을 바라보았다.

"놈들의 움직임은?"

"여전히 서평에 머물고 있습니다."

"모두 몇 명이나 되느냐?"

"삼백에서 사백 정도로 추산하고 있습니다."

삼사백이라 해도 개개인의 무위가 삼성궁 무사에게 뒤지지 않을 정도라면 상당한 위협이 아닐 수 없었다.

"내일까지 놈들의 후속대가 합류하지 않으면 공격하기로 하지."

침중한 표정으로 앉아 있던 간부들이 무겁게 고개를 끄덕였다.

하지만 구양우경은 선우강을 빤히 바라보며 자신의 생각을 말했다.

"전주님, 놈들이 상남에서 서펑으로 모두 이동하지 않는 것은 화산과 종남 때문일 겁니다. 차라리 밤에 이동해서 놈들을 치는 게 어떻겠습니까?"

"잘못하면 놈들의 함정에 빠질 수 있네. 그리고 밤에 난전이 벌어지면 희생이 커질 수밖에 없어. 자네 생각도 나쁜 건 아니네만 지금으로선 무리야."

"지금 상황은 단순한 문파 간의 힘겨루기가 아닙니다. 천사교를 물리치기 위한 전쟁이지요. 전쟁에서 희생은 어쩔 수 없는 것 아니겠습니까? 설령 같은 숫자가 죽어도 인원수에서 저희가 앞서니 승리는 우리 것이 될 것입니다."

냉정한 말이었다. 승리를 위해서라면 수하들의 죽음 정도는 안중에도 없다는 말투.

선우강은 미간을 좁히고서 단호한 어조로 말했다.

"소궁주의 말도 일리가 없진 않네만, 수하들의 목숨을 담보로 승리하고 싶은 마음은 없네."

"전주께서 그런 마음이시라면 더 말씀드리지 않겠습니다."

구양우경은 순순히 물러섰다. 하지만 그는 속으로 조소를 짓고 있었다.

'많이 늙었군. 패기가 강하기로 유명한 도무전주가 죽음을

겁내다니.'

그 때 선우강이 천광호를 불렀다.

"천 당주."

구양우경의 말에 기분이 상해서 잔뜩 인상을 쓰고 있던 천광호가 고개를 들었다.

"예, 전주."

"승룡당과 함께 가라. 흩어진 애들을 찾아보고, 죽은 애들의 시신을 최대한 수거해. 놈들에게 들키지 않도록 조심하고."

마침내 첫 번째 임무가 떨어졌다.

천광호는 이를 지그시 악물고 고개를 숙였다.

"알겠습니다, 전주. 그런데 위험한 상황이 닥치면 그냥 돌아올 것이니 이해해 주십시오. 저는 누구처럼 마음이 독해서 수하들이 죽는 꼴을 보지 못하거든요."

그렇게 말한 천광호는 구양우경의 싸늘한 눈길을 외면한 채 몸을 돌렸다.

'어떤 놈들이 소궁주의 성격을 봄바람처럼 부드럽다고 한 거야? 미친놈들!'

사실 어제, 아니, 조금 전까지만 해도 그 역시 그렇게 생각했다.

하지만 지금은 아니었다.

사람은 술 마실 때와 도박할 때, 그리고 싸울 때 진실이 드러난다더니 틀린 말이 아니었다.

"출동한다! 소지품 잘 챙겨서 연무장으로 나와라!"
조관의 굵은 목소리가 방 안을 울렸다.
이대의 대원들은 모두 작은 봇짐을 메고 일어났다.
봇짐 속에는 둘둘 만 면포와 금창약 등 부상자를 치료할
간단한 물건들이 구비되어 있었다.
북궁천과 태극문 제자들, 이조량도 봇짐을 메고 방을 나섰
다.
그런데 그들이 연무장을 가로질러 정문 쪽으로 걸어갈 때
였다.
저쪽 구석진 곳에 있는 건물 사이에서 하얀 옷을 입은 여인
이 나타났다. 헌원려려였다.
그녀는 걸음을 멈추고 승룡당과 회룡당 무사들이 연무장
을 가로지르는 모습을 바라보았다.
북궁천은 본능적으로 시선을 돌려서 그녀를 바라보았다.
'려려, 네가 나왔구나.'
그는 자신도 모르게 슬며시 미소를 지었다.
'잘 갔다 올 테니, 걱정 말고 쉬어라. 갔다 와서 너를 찾아
가마, 려려……'
그녀가 나온 것을 본 사람은 북궁천만이 아니었다. 다른
대원들도 그녀를 봤는지 수군거렸다.

헌원려려는 많은 무사들이 자신을 바라보자 괜히 무안한 마음이 들었다.

그 때 그가 보였다. '그 사람'만큼이나 키가 큰 사람이.

'아, 저 사람도 출정하네?'

코밑이 다른 사람의 머리에 가려져 있고, 그나마 비스듬히 돌린 얼굴도 늘어진 머리카락에 가려져 잘 보이지 않았다.

그런데 느낌이 이상했다. 어디서 많이 본 느낌.

게다가 자신을 보면서 웃는 듯, 눈가에 아주 편안한 웃음이 걸려 있었다.

그녀도 그를 보면서 웃어 주었다.

'무사히 돌아와요.'

그 때였다.

"려 매, 바람이 찬데 여기서 뭐 하는 거요?"

등 뒤에서 온화한 목소리가 그녀의 목덜미를 잡아당겼다. 구양우경의 목소리였다.

흠칫한 그녀는 담담한 표정을 지으며 뒤돌아섰다.

"공자 방으로 가는데 무사들이 출동하고 있어서 잠시 구경했어요."

구양우경은 정문을 빠져나가는 무사들을 일견하고는, 조소를 지으며 시선을 돌렸다.

"저 사람들은 신경 쓸 것 없소. 자, 안으로 들어갑시다."

"예, 공자."

헌원려려는 가슴을 쓸어내리며 구양우경을 따라서 걸음을 옮겼다.

바로 그 순간!

— 려려…….

아스라이 들려오는 환청 같은 목소리.

그녀는 몸이 사시나무처럼 떨리고 머릿속이 하얘졌다.

'그 사람의 목소리야, 그 사람의 목소리. 분명해!'

하지만 만 리 떨어진 곳에 있는 사람의 목소리가 왜 이곳에서 들린단 말인가?

요즘 들어서 그를 자주 생각하다 보니 환청이 들리는 건가?

그녀의 행동이 이상하다는 걸 느꼈는지 구양우경이 고개를 돌리고 그녀를 바라보았다.

"려 매, 어디 아픈 것 아니오?"

"날씨가 싸늘해서 그런가 봐요. 안으로 들어가면 괜찮아질 거예요."

헌원려려는 별것 아니라는 듯이 말하고 다시 걸음을 옮겼다.

꼭 쥔 그녀의 섬섬옥수 안에는 땀이 흥건히 고여 있었다.

第七章

광기(狂氣)에 물든 자들

　승룡당은 도화당의 생존자를 찾기 위해 중도에서 따로 떨어져 나가고, 회룡당만이 제법 세차게 불어오는 밤바람을 가슴에 안고 격전지로 접근했다.

　나라 간의 전쟁에서도 어지간하면 시신을 회수하는 자들을 건들지 않는다.

　심지어는 시신을 모아서 상대에게 전해 줄 때도 있다. 시신을 처리하다 보면 그만큼 상대의 힘이 소모될 테니까.

　강호에서도 언제부턴가 시신을 회수하는 자들은 건드리지 않는다는 합의가 무언 중에 이루어져 있었다.

　역병의 창궐을 막기 위해서는 시신을 묻어 주거나 태워야 하는데, 항상 적의 시신까지 처리할 수는 없는 것이다.

회룡당이 믿는 구석은 오직 그것 하나였다. 상대가 천사교라는 점이 문제긴 하지만.

천사교.

그들은 단순한 마도의 세력이 아니었다. 악(惡)을 추종하고 인의를 위선으로 치부하며, 악신인 아수라를 신처럼 떠받들었다.

세상은 본래부터 악에서 출발했다고 여기는 자들.

그들에게 있어 정도(正道)란 악의 본체에 위선의 껍질을 뒤집어 쓴 것일 뿐이었다. 껍질을 벗기면 결국 악이 드러날 수밖에 없으니, 세상에서 단 하나의 진리는 오직 악에 있다고 믿었다.

진정한 정도란 있을 수도 없고, 있지도 않는 것!

죽고 죽이는 것은 태고 적부터 인간 본연의 행동이니, 죄될 것도 없고 죄악감을 느낄 필요도 없다고 생각했다.

그들은 믿음이 철저해서 타인의 말을 귀담아 듣지 않았다. 오직 자신들만의 생각이 옳고, 남의 생각은 위선일 뿐.

처음에만 해도 그들이 그렇게 커질 줄은 누구도 몰랐다.

그러나 인간은 정도를 걷는 것보다 일탈의 길을 걷는 데 더 빨리 익숙해지는 법. 그들의 뿌리는 순식간에 정파의 밑바닥으로 거미줄처럼 뻗어 나갔고, 결국은 무림맹이라는 거목을 단숨에 쓰러트려 버렸다.

친구를 믿을 수 없고 사부를 믿을 수 없고 제자를 믿을 수 없게 되자, 언제까지나 강호정파의 기둥으로 군림할 것 같던 무림맹이 산산조각 나 버린 것이다.

"놈들을 일반적인 사고방식으로 생각하지 마라. 그놈들이 야말로 진짜 제대로 미친놈들이야. 행여나 그들이 나타나서 가만히 보고만 있더라도 경계심을 늦추지 마라."

천광호는 격전지인 계곡을 오 리가량 앞두고 회룡당 대원들에게 단단히 경고했다.

그는 천사교에 대해서 이곳의 누구보다 잘 알았다.

삼성궁의 전 인원을 통틀더라도 그보다 잘 아는 사람은 몇 없을 것이었다.

그것은 그가 한때 천사교에 빠졌던 친구를 둔 덕분이었다.

지금은 그의 손에 죽었지만.

그리고 그가 미친 호랑이로 불리기 시작한 것도 그때부터 였다.

*　　　*　　　*

달빛이 쏟아지는 계곡에는 시신들이 그대로 남아 있었다.

야조 몇 마리가 날개를 펄럭이며 시신들 사이를 오가고, 야행성 맹수들이 오랜만의 포식을 즐기고 있었다.

회룡당 대원들은 그 모습을 보고 돌을 들어 던졌다.

피냄새에 코가 마비되어 있던 야조와 맹수들은 그제야 살아 있는 인간의 접근을 눈치채고는, 아쉬운 눈빛을 감추지 못한 채 슬금슬금 뒤로 물러났다.

"빌어먹을 놈의 짐승들. 뭐 해? 빨리빨리 움직여! 너무 많이 상한 시신은 저쪽 구덩이에 묻어라."

어차피 팔다리가 뜯겨져 나가고 내장이 드러난 시신은 옮길 수도 없었다.

천광호의 명령이 떨어지자, 회룡당 대원들은 한쪽의 움푹 파인 구덩이에 시신들을 모았다. 그리고 상대적으로 훼손이 덜 된 시신만 골랐다. 그런 시신만 해도 삼십여 구는 되었다.

회룡당 대원들이 아무리 험한 강호에서 살아왔다 해도 이처럼 처참한 광경은 처음 대하는 사람이 대부분이었다.

그들은 구역질이 나려는 것을 가까스로 참으면서 시신을 처리했다.

그래도 도저히 못 참겠는지 몇 사람은 허리를 구부리고 헛구역질을 해 댔다.

그나마 밤이라는 게 그들에게는 다행이었다. 낮이었다면 더욱 참혹한 모습이었을 게 분명했다.

한편, 북궁천은 구덩이에 이십여 구의 시신이 던져지자 발을 굴러서 땅을 허물어트렸다.

힘들게 흙을 퍼 넣을 것도 없이 서너 번 만에 시신 대부분이 두터운 흙으로 덮였다. 이정한과 동호량, 초강과 이조량은 나머지만 정리했다.

그런데 시신 처리가 거의 끝나 갈 무렵이었다.

'응?'

북궁천은 눈을 가늘게 뜨고서 청력을 집중시켰다.

오른쪽에 있는 숲 속에서 나직한 소리가 들렸다.

짐승들이 내는 소리와는 느낌이 사뭇 다른 소리.

잠시 귀를 기울이던 그는 확신을 갖고 천광호에게 말했다.

"당주, 생존자가 있는 것 같습니다."

이를 갈며 수하들을 닦달하고 있던 천광호가 홱 고개를 돌렸다.

"그래? 어디?"

북궁천은 오른쪽 숲 속을 향해 빠르게 걸어갔다.

천광호와 송찬, 조관도 달리듯이 그를 따라갔다.

북궁천이 부상자를 발견한 것은 숲으로 이십여 장 들어간 후였다.

바위 사이에 세 사람이 뭉치듯이 엉겨 있었는데, 신음에 가까운 기이한 소리는 그곳에서 흘러나오고 있었다.

송찬과 조관이 나서서 엉겨 있는 자들을 들어냈다.

위에 있는 두 사람은 이미 죽은 상태였고, 아래쪽에 있는 한 사람만이 살아 있었다.

그는 체온이 떨어지는 걸 막기 위해서 죽은 동료의 시신으로 자신의 몸을 덮고 있었던 것이다.

조관이 나서서 그자의 상처를 빠르게 손봤다. 그러다 무슨 생각이 들었는지 북궁천을 올려다봤다.

"좀 도와주게. 기의 흐름이 너무 약하네."

심장이 뚫린 두종진에게 말을 하게 만든 사람이 아닌가?

단화린이라면 이자의 흐트러진 기운을 바로잡을 수 있을 것이었다.

북궁천은 별말 없이 부상자의 가슴에 손을 얹고 내기를 불어 넣었다.

조관이 상처를 다 싸맸을 때는 부상자의 호흡이 전보다 훨씬 안정된 상태였다.

"조 대주, 내 등에 업히게."

송찬이 나서서 등을 내밀었다.

그런데 북궁천이 그를 말렸다.

"잠깐만 기다리시오."

그러고는 부상자의 몸에 다시 내력을 주입하며 물었다.

"하고 싶은 말이라도 있소?"

부상자가 자꾸만 입을 달싹이는데 왠지 다급한 표정이었다.

내력의 주입으로 어느 정도 기운을 찾은 부상자는 겨우겨우 입을 열었다.

"빠, 빨리 돌아가시오. 놈들이…… 곧 몰려…… 어쩌면……
앞을 차단했을지도……."

천광호의 안색이 급변했다. 하지만 그는 그 와중에도 의문
을 제기했다.

"이곳에 있으면서 그걸 어떻게 알았지?"

"전…… 도화당 무사가 아닌…… 잠은각……. 놈들에게 접
근했다가 들켜서…… 도주 중에 당했……."

시신을 가지러 오든 복수를 하러 오든, 삼성궁에서 무사가
올 것은 분명한 일. 천사교는 그 점을 철저히 이용하려는 것
같다.

강호의 일반적인 법도쯤은 아랑곳하지 않고 말이다.

"이 사악한 놈들이……!"

마음이 다급해진 천광호는 벌떡 몸을 일으켰다.

"송찬, 업어라. 이곳을 떠난다."

숲으로 들어갔던 사람들은 부상자와 시신을 챙겨서 급히
숲을 빠져나왔다.

격전지에선 회룡당 대원들이 그들을 기다리고 있었다.

"다 처리했으면 출발해!"

천광호는 숲에서 나오자마자 소리쳤다.

구철산의 시신을 발견하지 못한 게 아쉽긴 하지만 머뭇거
릴 시간이 없었다.

회룡당 대원들은 각자가 맡은 시신과 무기 등을 챙겨서 어깨에 걸치고 부랴부랴 그곳을 출발했다.

그렇게 십 리쯤 달렸을 때였다.

휘리리리리!

새 울음소리가 급박하게 울리는가 싶더니, 뒤이어 단말마가 터져 나왔다.

"으아아악……."

쩌저정! 챙챙!

어둠을 뚫고 메아리치는 비명과 무기 부딪치는 소리.

상당히 먼 거리서 들려오는 소리다.

천광호는 상황을 짐작하고 이를 으드득 갈았다.

"앞질러 간 놈들이 승룡당과 부딪친 모양이군."

송찬이 굳은 표정으로 물었다.

"어떻게 하시겠습니까, 당주?"

천광호는 입술을 질겅 깨물었다.

승룡당은 비룡가의 사람들이다. 자신이 아무리 삼주신가의 행태에 불만이 있다 해도, 같은 가문의 사람들이 당하고 있는데 그냥 갈 수는 없었다.

"어떡하긴? 죽은 사람보다는 산 사람을 살려야지. 전부 메고 있는 걸 내려놔!"

대원들이 시신과 무기 등을 내려놓자 천광호가 빠르게 명령을 내렸다.

“승룡당 무사들이 흩어져 있으니 지금부터 각 대별로 움직여서 저들을 돕기로 하자.”

하지만 북궁천은 그의 생각에 반대했다.

“당주, 놈들은 철저한 계획을 세우고 움직였을 거요. 그렇다면 우리보다 훨씬 인원이 많다고 봐야겠지요. 그런 상황에서 인원을 나누면 우리 측 피해만 커질 겁니다.”

“그럼 함께 움직이잔 말인가?”

“전체를 다 구하려다가는 자칫 모두가 당할 수 있으니 구할 수 있는 곳만 구합시다.”

냉정한 판단. 그러나 틀린 말이 아니기에 천광호의 표정이 일그러졌다.

“젠장! 좋아, 그렇게 하지.”

*　　*　　*

승룡당은 삼십 명씩 나누어서 세 갈래 길로 동진하며 도화당 무사들을 찾아보았다.

간간이 울리는 새 울음소리는 그들이 도화당 무사들에게 자신들의 존재를 알리는 신호였다.

적이 알아들을지 모른다는 생각을 안 한 것은 아니지만, 서평에서 멀리 떨어진 곳이니 큰 걱정은 하지 않았다.

그리고 예상했던 대로 도화당 무사들 중 몇 명이 신호를

광기(狂氣)에 물든 자들　211

알아듣고 그들을 찾아왔다.

하지만 그들을 찾아온 것은 도화당 무사들만이 아니었다.

천사교도들도 그 소리를 듣고서 보다 쉽게 그들을 찾아냈다.

더구나 그들의 숫자는 근 백여 명이나 되었고, 각자의 무공도 승룡당 무사들에 비해서 뒤떨어지지 않았다.

순식간에 난전이 벌어지고, 여기저기서 피가 튀며 비명이 터져 나왔다.

"놈들을 막으면서 숲 속으로 들어가라!"

승룡당주 천종규는 수하들에게 소리치며 적의 전진을 막았다.

천사교가 무서운 것은 인원이 많아서가 아니었다. 그들의 무공이 강해서도 아니었다.

그들은 죽음을 두려워하지 않았다.

죽어 가면서도 웃고, 죽이면서도 웃었다.

광기에 물든 웃음!

천종규는 그들의 웃음을 보고 소름이 돋았다.

천사교도들의 사악함을 소문으로 듣긴 했지만, 직접 본 것은 오늘이 처음이었다.

그는 화산과 종남이 왜 천사교에 밀려서 본산에 틀어박혔는지 이해할 수 있을 것 같았다.

'이들은 악마의 자식들, 수라귀야!'

그는 공력을 아끼지 않고 전력을 다해서 검을 휘둘렀다.

천사교도들의 목숨을 던진 공세에 수하들이 죽어 가고 있었다. 공력을 아껴 다음을 생각할 겨를이 없었다.

"으아아아, 개자식들! 오늘의 이 일을 백배로 갚아 줄 것이다!"

천사교도들은 광란하는 그의 검세 속으로 몸을 던졌다.

하나가 덤벼서 안 되면 둘이, 둘이 안 되면 넷이…….

결국 천종규의 몸에도 상처가 늘어가고, 움직임은 점점 더 느려졌다.

'이 천종규가 여기서 이렇게 죽는가?'

서걱.

잠깐 마음이 흔들린 사이, 칼 한 자루가 그의 허벅지를 훑고 지나갔다.

이를 악문 그는 섬전처럼 검을 뻗어서 자신의 허벅지를 가른 자의 목을 꿰뚫었다.

그 때 숨쉬기조차 힘들 정도의 압력을 동반한 음습한 장력이 밀려들었다.

검을 회수한 천종규는 찰나에 팔검을 휘둘러서 장력을 막아 냈다.

떠더덩!

굉음이 터져 나오면서 천종규의 몸이 주르륵 밀려났다.

"크으윽."

“킬킬킬, 제법이군.”

장력을 날린 자는 괴이한 웃음을 흘리면서 천종규의 앞에 내려섰다.

천종규는 내려선 자를 노려보았다.

아무리 자신이 부상을 입었다지만 단 일장에 형편없이 밀리다니.

‘대체 누가⋯⋯?’

하지만 곧 그의 얼굴이 와락 일그러졌다.

어둠 속에서도 하얗게 보이는 안색, 역 팔자로 치켜 올라간 쭉 찢어진 눈. 그가 아는 자였다.

“당신은⋯⋯ 음혼장(陰魂掌) 마소곡?”

나이가 예순 전후로 보이는 노인은 기괴한 웃음을 터트렸다.

“킬킬킬, 십 년이 넘었는데 잊지 않았구나.”

“죽은 줄 알았는데 아직도 살아 있었군.”

“세상에는 아직 즐길 것이 많은데 벌써 죽을 순 없지.”

마소곡은 입술을 비틀며 씩 웃고는, 천종규를 향해 다가가며 두 손을 들어 올렸다.

“천사지존을 모시고 익힌 무공이니라. 네가 처음으로 구경하는 것이니 영광으로 알아라.”

잔뜩 긴장한 천종규가 검을 가슴 높이로 들어 올림과 동시, 마소곡이 몸을 날리며 두 손을 뻗었다.

순간 악마의 발톱 같은 시커먼 손가락이 어둠을 찢으며 그를 향해 떨어졌다.

천종규는 검에 혼신의 공력을 쏟아 부어서 마소곡의 조공(爪功)에 대응했다.

가가가각!

시커먼 손가락이 검기로 펼쳐진 검막을 연속으로 두들겼다.

연속된 충격에 천종규의 얼굴이 일그러졌다.

순간!

방어막을 뚫은 시커먼 손바닥이 천종규의 가슴을 내리쳤다.

천종규는 급히 검을 틀며 마소곡의 팔을 자르려 했다. 그러나 찰나간의 차이로 마소곡의 손이 그의 가슴을 정통으로 후려쳤다.

"크억!"

단말마와 함께 천종규의 몸이 이 장이나 날아갔다.

마소곡은 낄낄거리며 천종규를 따라 몸을 날렸다.

"낄낄낄, 네놈의 간을 뽑아서 술에 담가 먹어야겠다! 넌 아마 모를걸? 사람 간의 맛이 얼마나 맛있는지 말이야."

그 때 그의 머리 위에서 분노에 찬 욕설이 터져 나왔다.

"미친 늙은이!"

깜짝 놀란 마소곡은 다급히 몸을 멈추고 고개를 쳐들었다.

“어떤 쳐 죽일 놈이……?”

그의 목소리가 잦아들었다.

한 사람이 어둠 속을 걸어오고 있었다.

땅 위에서 걷는 게 아니었다. 허공을 걸어오는 것이었다.

그는 그러한 신법이 얼마나 어려운 것인 줄 알기에 잠시간 자신의 눈을 의심했다.

걸어오는 놈은 새파랗게 젊은 놈이거늘, 입을 열면서 저토록 자연스럽게 허공답보를 펼치다니!

그러나 그의 놀라움이 이제 시작일 뿐이었다.

후웅!

북궁천이 북두패왕권을 펼친 순간, 공간이 이지러지는 소리가 나는가 싶더니 어둠이 뒤틀렸다.

“사람 간이 맛있다고?”

노성이 울림과 동시, 머리통만 한 커다란 주먹 하나가 그를 향해 날아들었다.

고오오오!

눈을 홉뜬 그는 늘어뜨린 손을 들어 올려 허공을 그었다.

쩌저적!

수백 장 두께의 얼음이 갈라지는 소리와 함께 마소곡의 표정도 쩍쩍 금이 갔다.

쿵, 쿵, 쿵.

그는 다섯 치 깊이의 발자국을 찍으며 물러서서, 격렬한 파랑이 이는 눈빛으로 허공을 바라보았다.

"네놈은 누구……?"

북궁천은 그에 대한 대답으로 또 다시 북두패왕권을 펼쳤다.

"알 것 없어!"

어둠을 뒤흔드는 일성과 함께 마소곡의 가슴에 커다란 주먹의 그림자가 내리꽂혔다.

후아앙!

마소곡은 황급히 두 손을 휘둘렀지만, 북궁천이 작심하고 펼친 북두패왕권을 막기에는 역부족이었다.

쾅!

"크억!"

눈이 튀어나올 것처럼 커진 마소곡의 몸뚱이가 뒤로 날아갔다.

북궁천은 땅에 내려서지도 않은 채 그를 따라 성큼성큼 허공을 걸어가며 두 주먹을 교차시켰다.

콰아아아아!

좀 전보다 더 커다란 주먹 두 개가 하늘을 가르며 뇌전처럼 떨어지자, 마소곡의 얼굴이 어둠보다 더 시커멓게 변색되었다.

"아, 안……!"

마소곡이 절망에 찬 외침을 다 토해 내기도 전에 주먹이 그를 짓눌렀다.

쾅쾅! 퍽!

쇠북 치는 소리와 함께 땅에서 먼지구름이 확 피어나고, 만 근의 압력에 짓눌린 마소곡의 몸뚱이가 땅 속으로 석 자나 파묻혔다.

북궁천은 그가 파묻힌 곳 옆에 내려서서 발을 가볍게 굴렀다.

"그만 지옥으로 가라."

와르르, 양쪽의 흙벽이 무너지면서 마소곡의 몸을 덮어 버렸다.

그 때 천사교도들이 그를 향해 접근했다.

그들은 마소곡의 죽음을 보고도 동요하지 않았다. 그의 죽음은 자신들과 아무런 상관도 없다는 듯.

"소문대로 지독한 자들이군. 천 당주, 내가 이자들을 막을 동안 이곳을 벗어나시오! 어서!"

눈살을 찌푸린 북궁천은 천종규를 향해 소리쳤다.

힘겹게 몸을 일으킨 천종규는 마소곡을 찾으며 주위를 둘러보았다.

마소곡은 어디로 갔지? 저자는 누구지?

그는 마도의 절정고수가 일권을 얻어맞고서 땅에 묻혔을 거라고는 꿈에도 생각지 못했다.

북궁천의 목소리가 귀청을 울린 것은 바로 그 때였다.

정신이 번쩍 든 그는 입술을 질끈 깨물고 숲 속으로 몸을 날렸다. 지금은 궁금증을 푸는 것보다 적에게서 벗어나는 게 먼저였다.

천종규가 숲 속으로 뛰어든 직후, 천사교도들이 북궁천을 향해 달려들었다.

그들은 천종규를 상대할 때와는 달리 처음부터 여덟 명이 팔방에서 한꺼번에 덤볐다.

"천사지존을 거역하는 놈은 지옥의 유황불에 빠지리라!"

"놈은 하나다! 모두 달려들어서 놈의 심장을 뽑아내라! 저 놈의 몸을 태우고, 피를 마시며 하늘에 제를 지낼 것이다!"

"천사지존의 뜻에 따라!"

우우우우!

광기에 찬 외침!

북궁천은 눈을 가늘게 뜨고 손을 허리춤으로 가져갔다.

누가 그랬던가, 세상에 죽어 마땅한 사람은 없다고.

만약 그자가 자신에게 그 말을 한다면 대답해 줄 말이 있었다.

세상에는 죽어 없어지는 것이 나은 자들도 있는 법이라고 말이다!

"너희들은, 죽어, 마땅하다!"

순간, 그의 허리춤에서 묵빛 섬전이 솟구치며 어둠을 그물처럼 갈랐다.

쉬아아악! 쩌저저정!

단 일검에 천사교도 셋의 몸뚱이가 괴이하게 꺾어졌다.

겨우 버텨 낸 다른 자들도 거센 충격파를 견디지 못한 채 정신없이 물러났다.

북궁천은 일말의 망설임도 없이 그들의 움직임을 따라가며 묵혼을 휘둘렀다.

어둠의 장막이 쩍쩍 갈라질 때마다 천사교도들의 몸뚱이도 갈라졌다.

"끄어억!"

"끄으으으으"

은은한 공포가 서린 신음 소리.

어둠 속에서 자욱하게 피어나는 피안개!

묵혼이 움직일 때마다 쉬지 않고 혈화가 피어났다.

그렇게 일곱 명이 쓰러지자, 쓰러진 자의 자리를 다른 자들이 메웠다.

북궁천은 그들의 포위망이 여전함에도 눈빛 한 점 흔들리지 않았다.

산중대호는 이리가 제아무리 많아도 위엄을 잃지 않는 법. 더구나 눈앞의 천사교도들 정도는 그의 안중에도 없었다.

그렇게 북궁천의 검에서 검기의 폭풍이 회오리칠 때였다. 우측의 숲 속에서 천광호가 회룡당 무사들과 함께 우르르 쏟아져 나왔다.

그는 바닥에 쓰러져 있는 자들 중 상당수가 승룡당 무사라는 걸 알고 이를 갈며 소리쳤다.

"모두 저놈들을 쳐라!"

이정한과 동호량, 초강은 소문으로만 들은 천사교도들과의 대결에 가슴이 떨렸다.

우리가 저자들을 상대할 수 있을까? 여기서 죽는 게 아닐까?

하지만 북궁천에게 혹독한 수련을 받아 온 그들은 얼마 지나지 않아 안정을 되찾고 자신의 실력을 십분 발휘했다.

사실 그동안, 기껏해야 태극문의 무공을 조금 수정하고, 약점을 보완한 것 정도가 다라 생각했다.

그런데 그게 아니었다.

회룡당 무사들과 비무하며 어느 정도 는 것은 알고 있었지만, '우리들의 실력이 이 정도였나?' 그런 의문이 들 정도로 달라져 있었다.

자신감이 생긴 그들은 형형한 눈빛을 빛내며 천사교도들을 몰아붙였다.

그러나 지나친 자신감은 때로 독이 되기도 하는 법.

자신감이 넘쳐서 둘을 상대하던 이정한은 사오초 만에 위기에 몰리자 당황으로 손발이 어지러워졌다.

지금은 밤이어서 감각에 의존하는 싸움을 하는 중이고, 적은 목숨을 아끼지 않는 자들이라는 걸 간과한 것이다.

"사형! 뒤를 조심하십시오!"

초강이 이정한의 뒤를 공격하는 천사교도를 발견하고 대경해 소리쳤다.

손발이 어지러워진 이정한은 급히 몸을 옆으로 눕히고 두 바퀴 구른 다음, 손바닥으로 땅을 치고 벌떡 일어났다.

그 때 칼날이 그의 목을 향해 날아들었다.

피할 시간도 없고, 막기에 늦은 상황.

그는 이판사판이라는 심정으로 검의 손잡이를 이용해 상대의 공격을 막아 냈다. 한 치만 삐끗해도 손가락이 잘릴지 모르지만 다른 방법이 없었다.

땅!

천행이었는지 상대의 칼날은 약지 아래쪽의 손잡이를 때렸다.

하지만 위기는 아직 끝난 것이 아니었다. 달빛을 받아 살기를 파랗게 번뜩이는 검이 가슴을 향해 날아들었다.

이정한은 다급히 몸을 틀며 좌수를 뻗었다. 손가락 두어 개를 내주는 한이 있어도 가슴은 내줄 수 없었다.

서걱!

절삭음이 들린 것은 그가 막 상대의 검을 잡아 간 순간이었다.

검을 잡기 전에 소리가 들렸으니 자신의 손가락이 잘린 것은 아닐 터. 그는 손에 잡힌 검을 한쪽으로 세차게 당기며 두 사람의 공격권을 벗어나기 위해 몸을 뒤로 뺐다.

찰나, 검을 든 자의 팔이 팔꿈치 부분에서 떨어져 나오고 피가 뿜어졌다.

힘주어 잡아당겼는데 잘린 팔만 딸려 오자 이정한은 몸의 중심을 잃고 비틀거렸다. 순간 천사교도가 그의 머리를 향해 칼을 내리쳤다.

쉬이익!

"물러서요!"

외마디 외침이 울림과 동시, 이조량이 이정한과 천사교도 사이로 번개처럼 끼어들며 검을 좌우로 흔들었다.

검화가 어둠 속에 흩날리는가 싶은 순간, 그의 검은 날아드는 칼날을 쳐 내고, 팔이 잘린 천사교도의 목을 반쯤 베어 냈다.

단숨에 두 사람의 공격을 막아 낸 그는 이정한의 앞을 가로막은 채 뒤로 물러났다.

"괜찮습니까?"

위기의 순간에 목숨을 구한 이정한은 이조량이 고맙기만 했다.

검을 잡으면서 손바닥이 갈라지긴 했지만, 이 상황에서 그 정도는 상처라 할 수도 없었다.

"고맙네. 나는 괜찮으니 걱정 말게. 일단 이 빌어먹을 놈들부터 처리하고 보세."

천사교도들은 전세가 불리함에도 물러서지 않았다.

분노에 찬 투지가 질린 표정으로 바뀐 회룡당 무사들은 이를 악물고 천사교도들을 지옥으로 인도했다.

특히 천광호는 손속에 일말의 인정도 두지 않고 천사교도들을 죽였다.

그는 악에 물든 그들을 하나 죽이면, 선량한 사람 열을 살릴 수 있다고 생각했다.

"한 놈도 남기지 말고 모조리 죽여!"

철천지한이라도 있는 듯 냉혹한 살수를 펼치는 그를 보고 회룡당 무사들은 가슴이 떨렸다.

미친 호랑이라는 별명은 단순히 성격이 괴팍해서 붙은 것만은 아니었다.

결국 천사교도들은 마지막 한 사람까지 목숨을 던졌다. 광기에 찬 헛소리를 지껄이면서.

"천사지존께서 나의 죽음을 인도하리라!"

"개소리 그만해!"

천광호는 말 많은 그의 입을 단칼에 침묵시키고 북궁천에게 물었다.

"승룡당 무사들은 어떻게 되었나? 이곳에 죽어 있는 사람들이 전부인가?"

북궁천은 천종규가 뛰어든 숲을 가리켰다.

"승룡당주와 살아남은 사람들은 저쪽 숲으로 도주했는데 천사교도들도 상당수가 들어간 것으로 보입니다."

시커멓게 물든 숲을 바라본 천광호의 입에서 절로 욕이 튀어나왔다.

"아, 씨발. 갈수록 태산이군."

달빛조차 비치지 않는 숲 속은 절정고수들에게도 위험한 곳이었다.

도주하는 자들에게는 천혜의 조건일지 몰라도 쫓는 자들에게는 악몽과 같은 곳.

그 안에 악귀 같은 천사교도들이 있다면 위험은 배가 될 것이다.

하지만 천종규와 승룡당 무사들이 천사교도들에게 쫓기고 있다면 들어가지 않을 수도 없었다.

"나와 단화린이 앞장선다! 조심해서 따라와!"

*　　*　　*

숲 속으로 뛰어든 회룡당 무사들은 안력을 최대한 돋우고 조심스럽게 전진했다.

발아래의 바위도, 옆으로 아무렇게나 뻗은 나뭇가지도 모두가 흉기였다.

그리고 더 무서운 것은 적아를 가리지 않고 달려드는 천사
교도들이었다.

앞장서 가던 북궁천과 천광호는 달려드는 자는 그게 누구
든 일단 베고 봤다.

승룡당 무사들이라면 무조건 달려들 리가 없었다. 천광호
가 북궁천과 나란히 가며 소리치고 있었으니까.

"천사교도들은 들어라! 네놈들은 죽어서 지옥 속으로 떨어
질 거다! 지옥에 떨어지기 싫으면 속히 튀어나와서 머리를 조
아리고 잘못을 빌어라! 종규 형님! 어딨수!"

사실 그는 조용히 전진할 생각이었다. 적이 있는 숲 속에서
떠든다는 것은 자살 행위라는 게 일반적인 생각인 것이다.

그런데 북궁천이 그에게 말했다.

"소리 내지 않고 조용히 움직이는 것은 도주하는
자와, 암중에 적을 쫓는 자가 취할 행동이오. 우리는
지금 적을 찾아내는 것과 동료를 구하는 것이 목적이
니 소리를 지르면 일거양득의 효과가 있을 겁니다."

그는 그 말이 제법 그럴 듯해서 소리를 지르기 시작했다.
어차피 다른 방법도 없었으니까.

그런데 바짝 긴장해 있던 회룡당 무사들이 그의 목소리에
긴장감이 반감되었으니 그것만으로도 적지 않은 이득이었다.

반면 천사교도들은 그 말에 광기를 일으키며 덤벼들었고, 지옥으로 달려갔다.

그렇게 얼마나 지났을까, 바위에 등을 기대고서 숨을 헐떡이던 천종규가 천광호의 목소리를 알아듣고 반색해서 소리쳤다.

"저 목소리는 광호? 여, 여기다, 광호!"

천종규를 에워싸고 있던 승룡당 무사들은 '광호'라는 말을 듣고 함께 외쳤다.

"여깁니다! 당주님!"

그들이 미친 호랑이를 그토록 애절하게 부른 것은 그때가 처음이었다.

천종규와 승룡당 무사들을 구한 천광호는 숲을 빠져나왔다.

그들을 구했다지만 아직 상황이 끝난 것은 아니었다.

승룡당은 아직 두 조가 남아 있었고, 그들 역시 천사교도들의 공격을 받고 있을 것이 분명했다.

문제는 그들과의 거리가 적어도 십 리 이상이라는 것과 적의 인원이 많다는 것을 안 이상 한 번에 두 곳을 모두 구할 수는 없다는 것이었다.

"어떻게 하는 게 좋겠나?"

천광호는 북궁천에게 방법을 물었다.

북궁천은 어디 있는지도 모를 적을 찾기 위해 뛰어다닐 마음이 없었다.

"숲 속에서 한 것처럼 놈들을 자극해 봅시다. 믿음이 강한 자들은 자신들이 신처럼 믿는 존재가 욕먹는 것에 분노를 느끼고 달려올 거요."

천광호는 씩 웃으며 고개를 끄덕였다.

격장지계(激將之計)의 효과는 이미 숲 속에서 확인된 터였다.

게다가 적들 중 일부가 자신들이 있는 곳으로 달려오면 승룡당 무사들이 그만큼 안전해지지 않겠는가.

"이봐, 목소리 큰 사람들이 배에 힘주고 한번 소리쳐 봐!"

천사교도들에게 치를 떤 방수평은 배에 힘을 잔뜩 주고 외쳤다.

"천사교의 잡것들아! 어디 나를 잡아 봐라! 네놈들 따위는 조금도 겁이 안 난다!"

뒤이어 조관이 욕을 퍼부었다.

"이 개자식들아! 네놈들은 애비 에미도 없냐! 천사지존이란 놈이 어떤 개자식인데 그놈을 믿고 따른단 말이냐!"

천광호도 한 몫 거들었다.

목소리 큰 거라면 그도 누구에게든 질 마음이 없었다.

"천사지존은 개만도 못한 종자다! 언젠가는 내 발바닥을 핥게 될 것이다!"

사람들은 검을 움켜쥐고 잔뜩 긴장한 채 적의 반응을 기다렸다.

그런데 역시나, 반 각도 지나지 않아서 반응이 왔다.

우우우우!

"천사지존을 거역하는 자들의 심장을 꺼내 씹으리라!"

"저놈들을 갈가리 찢어 짐승의 밥을 만들어 버려라!"

천사교도들이 광기에 찬 욕설을 퍼부으며 그들을 향해 몰려들었다.

언뜻 보이는 것만 해도 칠팔십 명은 될 듯했다. 아직 보이지 않는 자들까지 합하면 족히 백 명은 달려올 것 같았다.

"지미, 많이도 몰려오는군."

천광호는 방수평에게 계속 욕설을 퍼붓게 하면서 철저히 방어진을 형성한 채 그들을 맞이했다.

"부상자를 가운데 두고 놈들을 막는다! 구멍이 뚫리지 않도록 철저히 막아라!"

천사교도들을 지휘하는 자는 오십 대 중반으로 보이는 초로의 중년인으로, 민산의 독귀라 불리는 혈비귀독(血肥鬼毒) 갈태중이었다.

수하들과 함께 달려온 그는 상대의 숫자가 자신들의 반 정도에 불과한 것을 보고 진한 살소를 흘렸다.

"흐흐흐흐, 겁을 상실한 놈들이군. 그렇게 죽는 것이 소원이라면 원대로 해 주마.”

두 손을 어깨 위로 들어 올린 그는 천사교도들을 향해 소리쳤다.

“천사를 따르는 교도들이여! 놈들의 피로 목을 적시고, 놈들의 살로 배를 채우자!”

천사교도들은 광기에 찬 눈을 번들거리며 회룡당 무사들을 향해 달려들었다.

*　　*　　*

싸움이 시작된 지 반 시진이 지나자 새벽 어스름이 밀려들기 시작했다.

몰려든 천사교도들은 모두 백이십여 명. 갈태중은 천사교도들의 숫자가 급격히 줄어들자 이를 갈면서 후퇴 명령을 내렸다.

“모두 돌아간다!”

마지막 한 사람까지 싸울 것 같던 천사교도들은 후퇴 명령이 떨어지자 썰물처럼 뒤로 물러났다.

그 때까지 남은 천사교도들은 오십여 명에 불과했다.

하지만 지칠 대로 지친 회룡당 무사들은 그들을 쫓기는커녕 물러가는 걸 다행으로 생각하며 거친 숨을 몰아쉬었다.

혼자서 천사교도 삼십여 명을 쓰러뜨린 북궁천도 후퇴하

는 그들을 바라보기만 했다.

하룻밤 새 너무 많은 것을 드러냈다. 그나마 밤이었고, 최대한 단순한 초식만 펼쳤기에 자신의 실력을 정확히 알아본 자는 없을 것이었다.

하지만 여기서 더 힘을 드러내면 사람들의 의문이 깊어질 터. 그럼 일이 복잡해질지 모른다.

그것은 자신이 바라는 바가 아니었다.

'려려가 알면, 대협답지 못하게 잔머리나 굴린다고 할지 모르겠군.'

사심 때문에 마인들을 그냥 보낸 것도 뭐라고 하겠지?

'후우, 역시 대협이 된다는 것은 쉬운 일이 아니야.'

그래도 어쩔 수 없었다.

대협이 되는 것도 중요하지만, 더 중요한 것은 헌원려려를 얻는 것이었다.

그녀를 얻지 못하면, 대협이 된들 무슨 소용이란 말인가.

천광호는 회룡당 무사들을 풀어서 살아남은 승룡당 무사들을 한곳으로 모았다.

구십 명에 이르는 승룡당 무사들 중 살아남은 자는 반도 되지 않았다. 그나마도 부상자가 이십 명이 넘었다.

천종규는 보고를 받고 참담한 상황에 입이 달라붙었다.

회룡당 무사들도 아홉 명이 죽고 삼십여 명이 부상을 입은 상태여서 천광호의 표정 역시 가라앉아 있었다.

그래도 전력을 쪼개지 않았기에 그 정도로 끝났지, 만약 각 대별로 나누어서 적을 상대했다면 몇 사람 살아남지 못했을 것이었다.

그 점을 위안으로 삼은 천광호는 회룡당 무사들에게 부상자들을 치료하게 하고는, 이를 갈면서 천종규의 옆에 앉았다.

"이 정도로 끝난 걸 다행으로 생각하쇼. 하마터면 전부 죽을 뻔했수."

천종규의 눈빛이 잘게 떨렸다.

그도 모르지 않았다. 회룡당이 제때에 오지 않았으면 거의 대부분이 죽었을 것이다. 자신 역시.

그래도 참담한 마음은 쉽게 떨칠 수가 없었다.

천광호는 힐끔 천종규를 살펴보고는 이를 빠드득 갈았다.

"더러운 자식들. 시신을 회수하는 사람들은 건드리지 않는다는 것도 모르나? 정신이 헤까닥 돌아 버린 놈들은 어쩔 수 없다니까."

천사교를 향해 한참 욕을 퍼부은 그는 천종규를 뚫어지게 바라보았다.

"도화당이 쉽게 당한 것도 그렇고, 아무래도 놈들이 우리의 움직임을 미리 알고 있었던 것 같은데…… 형은 어떻게 생각하쇼?"

천종규는 천광호의 말뜻을 짐작하고 눈빛이 파르르 떨렸

다.

"본 궁의 간부 중에 첩자가 있단 말이냐? 왜 그런 생각을 하지?"

"놈들은 두 배의 전력을 보내 우리를 상대하게 했수. 도화당을 공격할 때도 그렇고, 이번에도 그렇고. 놈들 중에 머리가 와룡봉추만큼 뛰어난 자가 있다면 몰라도, 적시에 두 배의 전력을 파견했다는 것은 아무래도 미심쩍은 일이 아니오?"

"본 궁의 간부들은 모두 검증된 사람들이다. 의심하기에는 근거가 너무 빈약해."

"검증된 사람? 형은 무림맹의 일을 벌써 잊었나 보구려."

"으음, 그건……."

"나는 아직도 기정이가 내 등에 칼을 들이댔을 때의 느낌을 선명히 기억하고 있소. 잊지 마쇼. 천사교에 미치면, 부모형제도, 친구도 없다는 걸."

천광호는 나직이 말하며 자리에서 일어났다.

천종규의 눈빛이 잘게 떨렸다.

"정말 본 궁의 간부 중에 첩자가 있다고 보느냐?"

"물론이죠. 세상에 불만 많은 놈들이 얼마나 많은데, 우리 삼성궁이라고 해서 없겠수?"

"좋다, 그럼 돌아가서 믿을 만한 사람들을 만나 상의해 보자."

천광호의 눈이 천종규를 향했다.

"아직도 내 말을 못 알아 들으셨수? 내가 그 말을 한 것은, 첩자를 잡아내자는 것이지, 상의하자는 게 아니오. 어떤 놈이 첩자인 줄 모르는데 누구하고 상의한단 말이오?"

"그래도 전주나 소궁주라면 믿을 수 있지 않겠느냐?"

허리를 반쯤 숙인 천광호는 얼굴을 바짝 들이밀고 말했다.

"나는 본 궁의 어떤 간부도 믿지 않수. 아마 형이 오늘 이런 꼴을 당하지 않았다면, 형에게도 이런 말을 하지 않았을 거요."

第八章
납치(拉致)

회룡당과 승룡당 무사들이 부상자와 시신을 잔뜩 떠메고 도착하자 진원보가 발칵 뒤집혔다.

간부들은 간부들대로 부산을 떨었고, 아랫사람들은 부상자와 시신을 처리하느라 정신이 없었다.

지칠 대로 지친 회룡당 무사들은 부상자와 시신을 넘기고 자신들의 거처로 돌아갔다.

그리고 곧 진원보의 임시 회의실인 일원전에서 긴급 간부 회의가 열렸다.

천광호가 먼저 미친 호랑이답지 않게 조리 있는 말투로 상황을 정리해서 이야기했다.

그 모습을 본 사람들은 '저 사람이 정말 광호야?' 했지만, 이어진 말을 듣자 곧 광호라는 데 이견을 달지 않았다.

"그 개자식들의 대가리를 잘라서 가져오려다가 부상자와 시신이 많아서 그냥 놔두고 왔습죠. 이상입니다."

천광호는 이를 갈며 말을 맺고 자리에 앉았다.

선우강은 곽조승을 바라보았다.

"서평에 있는 적의 숫자가 삼사백이라 하지 않았나?"

"그렇게 보고 받았습니다. 전주, 아무래도 이번 일에 놈들의 전력이 거의 다 동원된 것 같습니다."

"현재 들어온 소식은?"

"특별한 것은 없습니다. 사소한 정보가 몇 개 있긴 합니다만 전주께서 신경 쓰실 정도는 아닙니다."

선우강은 곽조승을 직시한 채 말했다.

"정보를 모아서 상황을 유추하는 것까진 몰라도, 결정은 자네가 하는 게 아니야, 곽 령주. 그 일이 신경 쓸 정도로 중요한지 아닌지 하는 판단은 내가 내린다."

곽조승은 흠칫하며 고개를 숙였다.

"죄송합니다, 전주."

"말해 봐. 어떤 정보지?"

"화산에서 이십여 명의 중견 제자들이 내려왔다고 합니다. 저희가 움직이자 기회라 생각한 것 같습니다. 그리고 천사교에 무너진 섬서 문파의 생존자들이 암암리에 힘을 결집

하고 있다는 소식이 있습니다만, 아직 정확하게 밝혀진 것
이 없어서 사람을 파견했습니다.”
　“그게 전부인가?”
　선우강이 다그치듯 묻자, 곽조승은 잠시 뜸을 들인 후
말했다.
　“우리 쪽 계획이 새고 있는 것 같다는 연락이 왔습니다.”
　“제기랄! 첩첩산중이군.”

　천광호는 긴급회의를 다녀오자마자 삼대의 대주들과 북
궁천을 자신의 방으로 불러들였다.
　“주력이 도착하면 쉴 틈도 없을 것이다. 단단히 각오하고
있도록. 그리고 미리 말해 두는데, 혹시라도 나에게 이상이
생기면 단화린이 회룡당을 지휘하게 될 것이다.”
　일대주 송찬과 삼대주 방수평이 북궁천을 힐끔거렸다.
　“왜, 불만 있어?”
　송찬과 방수평이 후다닥 손을 저었다.
　“아뇨, 없습니다.”
　“당주님의 결정이라면 따라야죠.”
　미친 호랑이에게 물리긴 싫으니까.
　그리고 그 지독한 천사교도들에게조차 공포심을 느끼게
만든 북궁천과는 다툴 마음이 눈곱만큼도 없었다.
　“좋아, 그럼 그건 그렇게 하기로 하고, 이봐, 단화린.”

“예, 당주.”

“소궁주께 가 보게.”

북궁천은 바로 대답을 하지 못했다.

그가 왜 자신을 부르는 걸까?

천광호는 그가 대답을 하지 않자 마저 말을 이었다.

“종규 형님이 자네에 대해 말했지 뭔가. 나는 어지간하면 말하지 않으려고 했는데…… 혹시라도 가기 싫으면 말하게. 내가 어떡하든 막아 볼 테니까.”

자신이 감당할 수 없는 고수라는 게 이번 일로 증명되었다.

그만한 이유가 있으니 일반 무사로 있는 것일 터. 그럼에도 그는 이것저것 복잡하게 따지지 않았다.

떠나기 전까지 단화린은 그의 수하고, 자신은 그의 상관이다.

중요한 것은 그것이었다.

북궁천은 천광호의 뜻을 알고 조용히 웃었다.

“가서 만나 보지요. 소문대로라면 대단한 사람 같던데, 소문이 맞나 한번 알아봐야겠습니다.”

천광호도 피식 웃었다.

“대단하긴 하지. 겉으로 드러난 것만 본다면…….”

말을 흐리는 그의 표정이 묘하게 이지러진다.

북궁천은 눈 깊은 곳에서 이채를 번뜩이며 슬쩍 천광호

를 떠봤다.

"소궁주의 겉과 속이 다르단 말씀입니까?"

천광호는 어깨를 으쓱하며 너스레를 떨었다.

"뭐, 꼭 그렇다는 건 아니고…… 좌우간 내 말에 너무 신경 쓰지 말고 자네의 기준으로 판단해 보게."

방을 나선 북궁천의 눈빛이 만장해저(萬丈海底)처럼 깊게 가라앉았다.

마침내 구양우경을 만나게 되었다.

그를 만나는 게 모험일 수도 있었다. 그가 자신을 경계한다면 일이 이상하게 흐를 지도 모르니까.

하지만 물러서고 싶은 생각은 없었다.

시기가 조금 빨라졌을 뿐, 언젠가는 마주쳐야 할 사람이 아닌가 말이다.

'려려도 함께 있는 것 아닌지 모르겠군.'

그럴 가능성이 컸다. 그렇다면 약간의 준비를 해야 했다.

*　　　*　　　*

북궁천은 얼굴과 목의 성대를 약간 손보고 구양우경을 만나러 갔다.

구양우경은 진원보의 안쪽에 있는 조용한 별원을 사용하

고 있었다.

북궁천이 그곳으로 다가가자 소리 없이 네 사람이 나타나 그를 에워쌌다.

"그대는 누군데 소궁주님의 방으로 가는 것이냐?"

북궁천은 그들을 천천히 둘러보았다. 조관에게 들었던 삼성궁의 수룡위사대 무사들이었다.

"회룡당의 단화린이오. 소궁주께서 부르셨다는 말을 듣고 왔소."

전면에 있던 삼십 대 중반의 장한은 북궁천을 세세히 훑어보았다.

"잠깐만 기다려라. 소궁주께 아뢰겠다."

그 때 방 안에서 낭랑한 목소리가 들렸다.

"그를 들여보내라."

방문을 열고 안으로 들어가자, 단아한 자세로 의자에 앉아 있는 구양우경이 보였다.

헌원려려는 보이지 않았는데, 다행이라는 생각과 아쉬움이 교차했다.

북궁천은 속으로 쓴웃음을 지으며 그에게 다가갔다. 그리고 그의 일 장 앞에 멈춰 섰다.

구양우경은 의자에 앉은 채 북궁천을 올려다봤다.

"멀리서 보던 것보다 더 크군."

북궁천은 별다른 반응을 보이지 않고 살짝 고개만 숙였다.

구양우경은 무심한 북궁천의 표정을 보고 이채를 반짝였다.

"듣자 하니 이번 임무에서 많은 공을 세웠다고 하더군."

"당연히 할 일을 한 것일 뿐, 그리 대단한 일은 아니오."

"승룡당주의 말에 의하면 그대 혼자서 수십 명을 죽였다고 하던데."

"그저 죽어라 싸우다 보니 그런 결과가 나온 것뿐이오."

"천사교도의 무공 수준은 본 궁의 정예 무사들에게 뒤떨어지지 않는다 들었다. 그런데도 수십 명을 혼자서 죽였다면 아주 큰 공을 세운 거라 할 수 있지."

"과찬이오."

"해서 하는 말인데, 본 공자는 그대가 세운 공을 인정해서 그대를 중용하고자 한다. 단화린, 내 밑으로 들어오지 않겠느냐?"

북궁천은 실소가 나오려는 것을 꾹 참고 대답했다.

"말씀은 고맙소만, 나는 그냥 회룡당에 있는 게 편하오."

"본 공자의 직속 무사로 있으면 출세의 길이 훨씬 빠를 텐데?"

"출세를 원했다면 회룡당에 들어가지도 않았을 거요."

"하긴 그것도 그렇군. 그런데 그 실력으로 왜 회룡당에 들어갔지?"

"천사교와 싸우기 위해 삼성궁에 들어왔는데, 회룡당에 배정된 것뿐이오. 그리고 나는 지금의 생활에 만족하고 있소."

구양우경은 북궁천을 지그시 바라보았다.

그는 지금까지 자신의 앞에서 이렇게 뻣뻣한 청년 무사를 본 적이 없었다.

대부분은 조금이라도 잘 보이기 위해서 안달하고, 극히 일부만이 조심스럽게 그의 청을 거절했다.

그래서 그런지 불쾌감보다는 신선한 충격이 느껴졌다.

'이런 놈이 하나쯤 있는 것도 괜찮겠지.'

심복으로 만들 수만 있다면, 누구 눈치 보지 않고 자신의 명령만 받들어서 움직일 것이 아니겠는가?

물론 그 전에 확실히 길들여야겠지만.

"그 나이에 욕심도 없군. 남자로 태어났으면 좀 더 높은 곳을 바라봐야 하지 않겠나?"

"욕심이 하나 있긴 한데……."

"그래? 어떤 욕심이지?"

북궁천은 잠시 뜸을 들이고 담담히 대답했다.

"남들이 인정하는 대협이 되고 싶소."

구양우경은 말문을 닫고 북궁천을 뚫어지게 바라보았다. 장난하는 것 같지는 않았다. 그래서 더 이상하게 보이지만.

“대협이란 자신이 되고자 해서 되는 게 아니다. 자연스럽게 본연의 마음이 우러나서 의협의 길을 가야 진정한 대협이라 할 수 있지.”

“소궁주는 스스로를 대협이 될 수 있다고 생각하시오?”

“대협?”

구양우경은 그 한마디를 반문하더니 갑자기 웃음을 터트렸다. 세상에 그보다 더 우스운 말은 없기라도 한 것처럼.

“하하하하, 대협이라. 내가 대협이 될 수 있냐, 이거지? 하하하하, 그거 참 재미있는 질문이군. 그대가 보기에는 어떤가? 내가 대협이 될 수 있을 것 같은가?”

“내가 보기에는, 소궁주는 대협이 되지 못할 것 같소.”

북궁천의 솔직한 대답에 구양우경은 피식 웃으며 말했다.

“맞아, 나는 대협이 되지 못하지. 되어야겠다는 생각도 없지만 말이야.”

“왜 대협이 되지 않겠다는 거요?”

“왜냐고? 그야 재미가 없기 때문이지. 대협이라는 사람들은 대부분 따분하게 살고 있는데, 나는 그렇게 살고 싶지 않거든?”

“그럼 어떻게 살고 싶소?”

구양우경은 붉은 입술을 묘하게 비틀며 웃었다. 그는 북궁천의 질문에 진정으로 재미를 느낀 듯했다.

“나는 모든 것을 내 마음대로 하면서 살고 싶네. 어떤 일이든지. 그래서 나는 대협이 될 수 없는 거라네.”

마지막 말에는 묘한 뜻이 담겨 있었다.

대협이 되지 않겠다는 게 아니라, 대협이 될 수 없다고 한다. 스스로가 자신에게 그럴 자격이 없다는 것을 알고 있다는 말이다.

왜? 삼성궁의 소궁주가 왜 자격이 없다고 생각하는 걸까?

‘겉으로는 온화해 보이지만 눈빛이 너무 차갑다. 겉모습과 속마음이 다른 자라는 걸 들었지만, 남들이 알고 있는 것보다 더할지도 모르겠군.’

그 때 구양우경이 물었다.

“혹시 나에게 원하는 거라도 있는가? 뭐든 말해 보게.”

‘헌원려려를 돌려 다오!’

북궁천은 속으로 외치며 구양우경을 바라보았다.

“특별히 원하는 건 없소. 말한다 해서 소궁주가 들어줄 성질의 것도 아니고 말이오. 그러니 나에 대해서 지나친 관심을 갖지 않았으면 좋겠소.”

구양우경도 북궁천의 눈을 직시한 채 말했다.

“좋아, 원치 않는다면 어쩔 수 없지. 대신 언제라도 마음이 바뀌면 말하게.”

북궁천은 자신의 마음이 바뀔 일이 없다는 걸 잘 알지만, 그래도 대놓고 거부하지는 않았다.

"알겠소. 더 하실 말씀이 없다면 이만 가 보겠소."

"그래, 가 보게나."

북궁천은 살짝 고개를 숙이고 몸을 돌렸다.

이야기를 나눈 것은 기껏해야 반 각 정도. 하지만 그사이에 형체 없는 칼날이 수도 없이 오갔다.

아마 누군가가 그 사이에 있었다면 살얼음판을 걷는 기분을 느꼈을 것이다.

'오늘은 이쯤에서 돌아가겠다, 구양우경. 하지만 다음에는 많이 다를 것이다.'

북궁천은 구양우경의 끈적끈적한 시선을 느끼면서 방문으로 향했다.

그 때 밖에서 누군가가 다가오더니 나직한 목소리가 들렸다.

"소궁주, 서문 아가씨께서 오셨습니다."

그 소리에 북궁천은 온몸으로 전율을 느끼며 멈춰 섰다.

'려려가?'

그런데 구양우경이 그녀를 안으로 들어오게 했다.

"그래? 안으로 모셔라."

곧 방문이 열리고, 헌원려려가 다소곳한 표정으로 들어섰다. 방 안으로 한 걸음 내딛던 그녀는 방문 옆에서 고개를 숙이고 있는 북궁천을 발견하고 흠칫했다.

'어머? 이 사람은……?'

　방문이 열리는 순간, 한쪽으로 서서 고개를 숙인 북궁천은 등줄기로 식은땀이 흘렀다.

　그 때 다행히도 구양우경이 의자에서 일어나며 그녀를 반겼다.

　"하하하, 어서 오시오."

　헌원려려도 재빨리 표정관리를 하며 다시 걸음을 옮겼다.

　"제가 방해를 한 것은 아닌지 모르겠군요."

　"아니오. 이야기가 다 끝나서 저 친구도 가려던 참이었소. 아, 단화린. 인사하게나. 곧 나의 부인이 될 려 매라네."

　막 밖으로 나가려던 북궁천은 고개를 숙이고서 무뚝뚝한 어조로 인사를 건넸다.

　"단화린이라 하오. 만나서 반갑소."

　"서문려려라고 해요."

　답하며 자신의 이름을 말하는 그녀의 얼굴이 보일 듯 말 듯 붉어졌다.

　'이 사람도 소궁주의 사람이 되는 건가?'

　그녀는 안타까움이 가득한 눈빛으로 북궁천을 응시했다. 그런데 구양우경이 말했다.

　"하하, 려 매, 고집이 아주 대단한 친구요. 내가 그렇게 사정했는데도 내 밑으로는 들어오지 않겠다는구려."

　헌원려려는 내심 안도하면서도 아쉽다는 투로 말했다.

　"그랬군요."

"자넨 그만 가 보게. 내 나중에 필요하면 다시 부르지."

북궁천은 비스듬히 선 채 헌원려려의 옆모습을 바라보았다. 그녀에게서 흘러나오는 향기가 콧속으로 스며들자, 심장이 금방이라도 터질 것 같았다.

'려려, 정말 예뻐졌구나.'

그러나 더 바라보고 있을 시간 여유가 없었다.

"그럼 이만 가 보겠소, 소궁주."

떨리려는 목소리를 간신히 추스른 그는 몸을 돌려서 걸음을 옮겼다.

그는 세 걸음째에서 헌원려려의 옆을 스쳐 갔다.

손을 뻗으면 닿을 거리.

그 순간만큼은 시간이 멈춘 것만 같았다.

이러쿵저러쿵 할 것 없이 그녀를 낚아채서 떠나고 싶었다. 그 후에 벌어질 문제는 그때 가서 생각하면 되지 않겠는가 말이다.

'려려, 나와 함께 가자. 너만 허락한다면, 나는 천하와 싸울 수도 있다.'

하지만 그는 끝내 손을 뻗지 못했다. 그녀가 거부할 것이 두려워서 말을 꺼내 보지도 못했다.

그렇게 그는 그녀를 스쳐서 방을 나섰다.

'침착해라, 북궁천. 아직 시간은 많다. 려려의 생각을 확실히 알고 난 후에 움직여도 늦지 않아.'

방문을 닫은 그는 이를 악물었다. 악다문 이가 모조리 부서져서 우수수 떨어질 것 같았다.

헌원려려는 갑자기 심장이 쿵쾅거렸다.

이유를 알 순 없지만 단화린이란 자가 지나간 순간에 움직일 수가 없었다.

자신이 왜 그렇게 그를 신경 쓰는 걸까?

이해할 수 없었다.

"이쪽으로 오시오, 려 매."

구양우경이 조금은 차갑게 느껴지는 목소리로 그녀를 불렀다.

마음을 추스른 헌원려려는 밝은 표정을 지으려 노력하며 그를 향해 걸어갔다.

바로 그 때, 자신이 왜 단화린을 자꾸 신경 쓰는지 그 이유를 깨달았다.

'맞아, 그와 닮았어.'

그, 북천궁주와 단화린은 키만 비슷할 뿐 많은 곳이 달랐다.

몸집은 말할 것도 없고, 얼굴과 목소리도 달랐다. 그런데도 이상할 정도로 그를 닮은 것처럼 느껴졌다.

그것은 다름이 아니라 흐트러진 머리카락 사이로 보이던 그의 눈빛 때문이었다.

수많은 감정이 뒤섞인 눈빛.

'그는 왜 나를 그런 눈빛으로 본 걸까?'

＊　　　＊　　　＊

신시가 되자 삼성궁의 후속대가 진원보에 도착했다.

진원보에 있던 사람들은 후속대의 면면을 확인하고 내심 안도했다.

삼성궁의 군사라 할 수 있는 문현각주 위효릉이 이끌고 온 후속대의 외형적인 전력은 선발대와 차이가 거의 없었다.

그러나 그들 외에 궁주의 명으로 후속대와 함께 온 다섯 사람은 중원을 쩌렁쩌렁 울리는 고수들이었다.

특히 삼성궁의 봉공인 검왕(劍王) 백리진과 일양신군(一陽神君) 등조립은 선우강과 구양우경마저 한발 양보할 수밖에 없는 절대고수였다.

"천무회와 백검맹이 당분간 싸움을 멈추고 우리와 보조를 맞춰서 천사교를 상대하기로 했소. 그리고 무림맹도 천사교를 응징하기 위해서 예하 문파들에게 무림첩(武林牒)을 띄웠다 하오."

후속대를 이끌고 온 문현각주 위효릉이 강호의 돌아가는 상황을 전하자, 내전에 들어찬 사람들의 표정이 환하게 밝아졌다.

　"천사교 놈들, 또다시 꽁무니 빼고 도망가기 바쁘게 생겼군요."

　경무당주(警武堂主) 선우철은 그렇게 말하며 웃기까지 했다.

　하지만 천사교와 직접 싸워 본 천종규와 천광호는 표정이 펴지지 않았다.

　오전에 상황을 설명했는데도 천사교의 무서움을 심각하게 받아들이지 않는 사람이 많았다.

　심각하기는커녕 금방이라도 천사교를 무너뜨릴 수 있을 것처럼 말하고 있는 판이었다.

　자신들이 살아서 돌아온 것은 단화린 덕분이라 해도 과언이 아니거늘. 그가 없었다면 어떻게 되었을지, 생각만 해도 등골이 오싹한데 말이다.

　'제길, 꼭 찍어서 먹어 봐야 맛을 아나? 사람이 무슨 말을 하면 심각하게 생각해 봐야 할 것 아냐?'

　천광호가 속으로 투덜대고 있는 동안 위효릉의 말이 이어졌다.

　"천무회와 백검맹의 무사들이 도착하기 전에 서평을 쳐서 본 궁의 무사들이 흘린 피의 대가를 받아 낼 것이오. 잠은 각이 놈들에 대한 정보를 정확히 알아내는 즉시 놈들을 칠 것이니, 모두들 언제든 출동할 수 있도록 준비를 갖추고 대기토록 하시오.”

　북궁천은 후속대와의 회의에 다녀온 천광호의 말을 듣고 눈빛을 반짝였다.

　일양신군 등조립과 검왕 백리진이 왔다고 한다.

　등조립은 전에 만났던 금황신군 관호명과 같이 우내오군에 속한 절대고수다. 관호명과 싸워 본 적이 있는 그로선 관심을 가지지 않을 수 없었다.

　더구나 백리진은 절대지경에 이른 실력을 떠나서, 중원의 수많은 무사들 중 진정으로 대협이라 불릴 만한 몇 사람 중 하나가 아닌가 말이다.

　‘한번 만나 볼까?’

　이러나저러나 ‘대협’이란 단어는 그에게 최대의 화두였다.

　송찬과 방수평, 조관도 백리진과 등조립의 등장에 놀란 표정을 지었다.

　물론 백리진이 ‘대협’이라는 것과는 전혀 상관이 없는 감정이었다.

　“당주, 서평은 언제 공격할 것 같습니까?”

　송찬의 질문에 천광호가 이마를 찌푸렸다. 왠지 짜증이 잔뜩 묻어 있는 표정이었다.

　“잠은각이 정보를 가져오는 즉시 친다는군. 문제는 놈들의 목을 치는 걸 어린아이 손목 비틀듯이 쉽게 생각하고 있다는 거야."

"당주와 승룡당주께서 놈들에 대해 다 말씀드렸다면서
요?"

"말이야 했지. 절반도 믿지 않아서 문제인 거지."

그 말에 방수평은 별걸 다 걱정한다는 듯 말했다.

"그래도 후속대가 본 성 최강의 고수들과 함께 왔는데,
설마 놈들에게 밀리겠습니까?"

천광호가 방수평을 째려보았다.

"누가 진다고 했냐? 피해가 많이 날까 봐 그러는 거지.
그럼 우리만 죽어라 고생할 것 아냐?"

"어? 그러고 보니 그런 문제가 있군요."

"좌우간 언제 출동할지 모르니까 수하들에게 항상 준비
해 놓으라고 해."

"알겠습니다, 당주."

"나가 봐. 아, 단화린. 자넨 잠깐 나 좀 보지."

삼대의 대주들이 밖으로 나가고 북궁천만 남자 천광호가
넌지시 물었다.

"소궁주가 뭐라고 하던가?"

"출세는 보장할 테니, 저더러 밑으로 들어오라고 하더군
요."

"그, 그래서 뭐라 했나?"

천광호는 궁금함과 초조함이 가득한 아이처럼 눈을 반짝

이며 북궁천을 바라보았다.

북궁천은 거두절미하고 딱 한마디로 대답했다.

"일 없다고 했습니다."

천광호는 누런 이를 다 드러내며 환하게 웃었다.

"잘했네."

*　　　*　　　*

후속대가 도착한 다음 날 저녁.

북궁천은 방을 나와 한가로운 걸음걸이로 마당을 가로질렀다.

며칠 사이 바람이 더욱 차가워진 데다가 구름마저 끼어서 눈이라도 내릴 것 같은 날씨였다.

'북천 같으면 벌써 많은 눈이 내렸을 텐데……'

그는 북천을 떠올리며 하늘을 올려다봤다.

하늘은 구름에 가려서 별빛 하나 보이지 않았다.

그런데 그 때, 뭔가 깃털처럼 부드러운 것이 바람에 날리더니 그의 얼굴에 떨어졌다.

차가운 느낌. 하얀 눈이었다.

북궁천은 그 자리에 서서 미소를 지었다. 그리고 한참 동안 움직이지 않았다.

"젊은 친구가 보기보다 낭만적이군."

뒤에서 낯선 목소리가 들려온 것은 그가 하늘을 바라본 지 반 각가량 지났을 때였다.

가끔 지나다니던 경비무사들의 목소리와는 다른 느낌. 절벽을 등 뒤에 둔 것 같은 기분을 들게 하는 자다.

북궁천은 고개를 돌려 뒤를 바라보았다. 저만치 단아한 모습의 중년인이 서 있었다.

"제가 낭만적인 분위기를 제법 좋아하는 편이죠."

그는 시시껄렁한 농담을 한마디 던지고 중년인을 직시했다.

"하하하, 말도 제법 재미있게 하는군. 나는 임강령이라 하네. 회룡당의 무산가?"

"단화린입니다. 그런데 혹시 고검이라 불리는 분이 아니신지?"

"강호의 친구들이 그렇게 불러 주긴 하지."

고검(孤劍) 임강령.

이번 후속대와 함께 온 다섯 고수 중 한 사람이다.

백리진과 등조립에게 밀리긴 해도 그 차이가 크지 않은 고수.

"친구 분들이 별호를 잘못 붙인 것 같군요. 그렇게 웃음이 밝아서야 어찌 고검이라 할 수 있겠습니까?"

"훗, 그것도 그렇군."

임강령은 쓴웃음을 지으며 순순히 시인했다. 그리고 북궁천 쪽으로 걸음을 옮기면서 되받아쳤다.

"그런데 자넨 왜 청승맞은 강아지처럼 마당에 나와서 하늘을 보고 있었던 건가?"

졸지에 청승맞은 강아지가 된 북궁천은 담담히 대답했다.

"미끼도 없는 낚시를 드리우고 고기가 잡히길 바라는 사람과, 그런 사람 뒤에서 고기가 잡힐 때까지 구경하고 있는 사람 중 누가 더 한심하다고 생각하십니까?"

한마디로 자신이 청승맞은 강아지라면 당신은 더하지 않냐, 그 말이다.

임강령은 턱을 쓰다듬으며 북궁천을 묘한 눈빛으로 바라보았다.

"흠, 이제 보니 말솜씨도 제법이군."

"제가 말솜씨 좋다는 말은 처음 들어 보는군요."

려려는 정말 재미없다는 표정을 지었는데. 왜 남자들은 자신의 이야기를 재미있다고 여기는 걸까?

정말 알 수 없는 일이다.

"천사교와 싸울 때도 말로 그들을 꼬드겼다고 하던데, 이제야 그 이야기가 사실이라는 걸 확실히 알겠군."

"덕분에 희생이 줄어들었으니 나쁠 것은 없지요."

"그렇지, 나쁠 것은 없지. 그런데 듣자 하니 자네가 마소곡과 싸웠다고?"

"사람 간을 맛있다고 하던 미친 늙은이를 말하는 거라면, 맞습니다."

"그는 어떻게 됐나?"

"다시는 볼 수 없을 겁니다."

"자네가…… 그를 죽였단 말인가?"

"방심한 사이 뒤통수를 갈겨서 땅에 묻어 줬죠. 아는 자입니까?"

임강령은 마소곡이 정말로 땅에 묻혀서 죽었을 줄은 생각도 못 하고 씁쓸한 표정으로 답했다.

"오래전 내 친구를 죽인 자네. 반드시 내 손으로 죽이고 싶었는데, 어쨌든 죽었다니 잘됐군."

그는 십여 년 전까지만 해도 강호의 무사가 아니었다.

황궁제일 고수. 천하제일의 포두.

범죄자들은 그를 염왕처럼 무서워해서 즙포사신이 아닌 염포사신(閻捕使臣)이라 부를 정도였다.

하지만 그가 비록 강호인이 아니라 해도 그의 무공이 워낙 강하다 보니, 난다 긴다 하는 강호인들도 그의 손을 벗어나지 못했다.

그런 그가 강호에 몸담게 된 것은 죽마고우의 죽음 때문이었다.

친구를 죽인 자는 강호에서 유명한 마두로, 그를 잡기 위해서는 더 이상 포두로 일할 수가 없었던 것이다.

그런데 그토록 잡으려 했던 놈이 남의 손에 죽다니.

임강령은 아쉬움과 시원함이 뒤섞인 표정으로 말하고는, 조금 전과는 또 다른 의미가 담긴 눈빛으로 북궁천을 바라보았다.

"마소곡은 고수라 불릴 만한 자지. 그런 자를 죽였다니, 소문보다 더 강한 것 같군. 그런데 왜 회룡당의 일반 무사로 있는 것이지?"

"높은 곳보다 낮은 곳이 더 편하더군요."

헌원려려는 낮은 곳에 서서 의협을 행하는 대협이 되라고 했다.

뭐, 꼭 그런 이유 때문만은 아니지만 낮은 곳도 나름대로 장점이 많았다.

임강령은 속도 모르고 북궁천을 칭찬했다.

"요즘 청년 같지 않군. 오늘 아주 멋진 친구를 만난 것 같아."

"별말씀을. 그럼 더 할 이야기가 없다면 가 보도록 하겠습니다."

북궁천은 질문이 계속되기 전에 그쯤에서 포권을 취하며 작별을 고했다.

임강령과의 대화는 적지 않은 소득이었다. 후속대와 함께 온 다섯 고수 중 하나와 얼굴을 익혔으니 나머지 넷을 만나는 것도 보다 쉬워질 것이었다.

백리진을 만나는 것도.

그런데 그 때, 외마디 비명이 밤하늘을 뒤흔들었다.

"아악!"

여인의 날카로운 비명이 들려온 곳은 별원 쪽이었다.

구양우경은 난데없는 비명에 들고 있던 찻잔을 내려놓고 밖을 향해 물었다.

"어디서 난 소리냐?"

"건너편 아가씨 방 쪽에서 난 소리 같습니다."

불길한 느낌이 든 구양우경은 자리에서 일어나 방문으로 향했다.

그가 방문을 열기도 전에 수룡위사대원의 목소리가 들렸다.

"소궁주, 아가씨 방에 아가씨의 시중을 들던 시비가 죽어 있다 합니다."

덜컹.

방문을 연 구양우경은 일말의 망설임도 없이 건너편 건물로 갔다.

은밀한 곳에 몸을 감추고 있던 수룡위사대원들마저 쏟아 져 나와 그를 호위했다.

서문려려의 방은 한쪽 방문이 열려 있었다.

등잔불이 켜진 방 안쪽에서는 자신이 보낸 시비가 얼굴을 감싼 채 덜덜 떨고 있고, 침상이 있는 곳에선 수룡위사대원 하나가 바닥에 쓰러져 있는 여인을 세세히 살펴보는 중이었다.

창백해진 표정으로 이를 악문 구양우경은 두 눈에서 새파란 살기를 흘려 내며 나직이 명을 내렸다.

"비명을 듣고 사람들이 몰려 올 거다. 입구를 통제해."

수룡위사대원 셋이 입구 쪽으로 달려갔다.

구양우경은 그들을 쳐다보지도 않고 침상 쪽으로 향했다.

"호문, 려 매는 어디 있지?"

시신을 살펴보고 있던 수룡위사대원 하나가 잔뜩 굳은 표정을 지은 채 몸을 일으켰다.

"보이지 않습니다."

"그녀가 밖으로 나간 것을 봤느냐?"

"반 시진 안에는 나오신 적이 없습니다."

그 때 수룡위사대원 하나가 다급히 방 안으로 들어왔다.

"소궁주, 뒤쪽을 감시하던 십이호가 시신으로 발견됐습니다. 그리고 이것이 창문 밖에……."

그의 손바닥에서 작은 옥구슬 두 개가 등잔 불빛을 받아 반짝거렸다. 서문려려의 목에 걸려 있던 목걸이의 옥구슬과 같은 것이었다.

십이수룡의 죽음. 서문려려의 행방불명. 창문 밖에 떨어져 있는 옥구슬 두 개.

구양우경의 두 눈에서 흐르던 살기가 광기처럼 일렁였다.

"어떤 놈이 감히……! 호문, 놈을 쫓아라! 네 목숨을 걸고 잡아!"

북궁천은 임강령과 함께 별원으로 달려갔다.

비명을 듣고 모여든 듯 경비무사들과 근처에 기거하던 몇 사람이 별원 입구에서 안을 기웃거리고 있었다.

안쪽에서 급박한 움직임이 느껴지는 걸 보니, 짐작대로 비명은 별원 안에서 들려온 것인 듯했다.

두 사람이 그들을 제치고 월동문을 통과하자 수룡위사대원 셋이 앞을 가로막았다.

"아무도 들어갈 수 없으니 밖으로 나가시오."

임강령이 한 발 앞으로 나서며 자신의 이름을 밝혔다.

"나는 임강령이라 하네. 조금 전 비명이 들렸는데, 무슨 일인가?"

임강령이라는 이름에 수룡위사대원들의 표정이 흔들렸다.

"고검 대협께서 오신 줄 미처 몰랐습니다. 아직 확실한 상황이 밝혀지지 않아서 사람들의 입출을 통제하고 있습니다."

"안으로 들어가 소궁주를 만나 봐야겠군."

임강령은 어깨를 펴고 걸음을 옮겼다.

수룡위사대원들은 그의 앞을 막지도 못하고 안절부절못했다.

"대협……."

"내가 누구란 걸 모르는 것이냐?"

임강령의 목소리가 묵직하게 가라앉았다.

약간의 노기가 섞인 음성.

수룡위사대원들은 황급히 고개를 숙였다.

"어찌 그럴 리가 있겠습니다."

"그럼 비켜서라."

수룡위사대원 중 가운데 서 있던 자가 좌우를 보며 고개를 끄덕였다. 그러자 나머지 두 사람은 양쪽으로 갈라섰다.

"저를 따라오십시오."

그 때 안쪽에서 살기 가득한 노성이 터져 나왔다.

"놈을 쫓아라! 목숨을 걸고 잡아!"

구양우경의 목소리였다.

무슨 일인데 냉정하고 침착한 구양우경이 저리 분노하는 것일까?

'설마 려려에게 무슨 일이라도? 아냐, 그럴 리가 없어!'

북궁천은 초조한 마음을 억누르고 임강령과 함께 수룡위사대원을 따라서 마당을 가로질렀다.

구양우경의 거처 건너편 건물의 방문 앞에 수룡위사대원

둘이 서 있었다.

두 사람을 안내한 수룡위사대원은 그들 앞에서 걸음을 멈추고 방 안을 향해 말했다.

"소궁주, 고검 임 대협께서 오셨습니다."

곧 방 안에서 구양우경이 나왔다.

평소의 온화함은 온데간데없고 서리가 내린 것처럼 싸늘한 표정이었다.

"오셨습니까, 임 대협."

그는 한기가 느껴지는 목소리로 입을 열고 북궁천을 향해 시선을 돌렸다.

"자네도 왔군."

북궁천이 헌원려려에 대해서 물어보기도 전에 임강령이 먼저 의아한 표정으로 그에게 물었다.

"비명을 듣고 달려왔네. 대체 무슨 일인가?"

"어떤 놈이 안으로 들어와서 시비를 죽였습니다."

"시비를?"

"예, 려 매의 시중을 들던 아이지요. 비명은 제 명을 받고 이 방에 들렀던 아이가 시비의 시신을 발견하고 지른 것이었습니다."

"저런, 서문 소저가 많이 놀랐겠군."

"아무래도 그랬겠지요."

대답하는 구양우경의 목소리가 가늘게 떨렸다.

극한의 분노가 섞인 목소리였다.

북궁천은 구양우경의 그 말을 듣고 심장이 멈춰 버릴 듯했다.

그는 '그랬겠지요.'라고 했다. 그녀가 이곳에 있다면 그런 식으로 말할 리가 없었다.

불안감에 휩싸인 그는 더 참지 못하고 구양우경에게 물었다.

"소궁주, 서문 소저가 이곳에 없소?"

"내가 보낸 시비가 방문을 열었을 때 려 매를 시중들던 시비의 시신밖에 없었다. 그나마도 내가 시비를 보내지 않았으면 모를 뻔했지."

"그럼…… 서문 소저는?"

"시비를 죽인 놈이 납치한 것 같다. 감히, 감히 내 것을 훔쳐 가다니. 찢어죽일 놈……!"

이를 으드득 가는 구양우경의 두 눈에서 강렬한 살기가 번들거렸다.

'려려가 납치되었다고?'

북궁천은 구양우경의 말에서 기괴한 감정을 읽었지만, 심장에 송곳이 박힌 것 같은 충격을 받아 다른 생각할 겨를이 없었다.

"그녀가…… 정말로 납치되었단 말이오?"

"지금 수룡위사대가 놈의 흔적을 쫓고 있다."

그 때 임강령이 나섰다.

"납치된 지 얼마나 된 것 같은가?"

"일각에서 이각 사이로 추정하고 있습니다. 려 매가 내 방에서 나간 시간이 이각 조금 넘으니까요."

"놈이 어느 쪽으로 빠져나간 줄 아나?"

"창문을 통해 뒤로 빠져나가서 담장을 넘어 도주한 것 같습니다."

"소궁주는 즉시 이 사실을 위 군사께 알리게. 나는 먼저 범인을 추적해 보겠네."

임강령은 구양우경에게 말하고 북궁천을 향해 고개를 돌렸다.

"자네도 함께 갈 건가?"

당연한 일!

북궁천은 대답하는 시간도 아까워 몸부터 돌렸다.

"가시죠."

그런데 뒤늦게 별원으로 들어선 사람들 중 한 사람이 빠른 걸음으로 다가왔다.

"나도 함께 가겠네, 임 아우."

고검 임강령을 아우라 부르며 다가오는 자. 그는 검왕 백리진이었다.

第九章

설원(雪原)의 추적(追跡)

　수룡위사대 삼조장인 장호문은 수하 다섯을 이끌고 납치범의 뒤를 추적했다.

　납치범이 뒷담을 넘어 도주했다는 것만 알 뿐 언제, 어느 쪽으로 갔는지 아무것도 모르는 상황. 막상 추적을 시작하면서도 막막한 마음이었다.

　그래도 명령이 떨어진 이상 어떻게든 납치범의 꼬리를 잡아야 했다.

　서문려려를 납치할 만한 곳은 천사교뿐. 더구나 납치범이 넘어간 담장은 서쪽으로 향해 있었다.

　의심스런 발자국 하나 보이지 않지만 일단은 서쪽을 뒤져 보는 게 우선. 담장을 넘은 그는 서쪽으로 달렸다.

그런데 진원보의 담장에서 백여 장가량 멀어졌을 때였다. 수하 하나가 급히 걸음을 멈추더니 땅에서 뭔가를 주워들었다.

"조장, 이것 좀 보십시오."

장호문은 수하의 손가락 사이에 낀 것을 주시하고 눈빛을 번뜩였다.

"아가씨의 목걸이에 있는 구슬과 같은 것이군."

같은 구슬이 거처의 뒤쪽에서도 하나 발견되지 않았던가.

그렇다면 서문려려가 고의로 떨어뜨렸든 우연히 떨어진 것이든, 자신들이 방향은 옳게 잡았다는 뜻.

장호문은 길이 보인 듯하자 하얗게 웃었다.

"좋아, 달리면서 땅을 샅샅이 살펴봐라. 그리고 구슬을 발견한 곳에 추적대들이 따라올 수 있게 표식을 남겨 놔라. 가자!"

한발 늦게 진원보를 나선 임강령 등은 범인의 도주로로 예상되는 길을 따라 추적에 나섰다.

임강령이 백리진과 북궁천을 이끌었다. 그는 범인의 도주로를 알고 있는 것처럼 빠르게 나아갔다.

눈은 내린 둥 만 둥 하다가 멈춘 상태. 그나마도 땅을 살짝 덮었던 눈은 모두 녹아서 발자국도 보이지 않았다. 그런데도 그는 머뭇거리지 않았다.

범인은 삼성궁 무사들이 경비를 선 동선에서 벗어난 길을 따라 움직였을 터. 그는 범인의 마음이 되어 움직였다. 오랜 세월 포두로 지내며 수많은 사건을 해결한 그였기에 범인의 마음을 아는 것은 어렵지 않았다.

게다가 누군가가 남긴 화살표가 일정한 간격으로 바닥에 그어져 있었는데, 먼저 추적을 시작한 수룡위사대가 남긴 것인 듯했다.

그러나 그의 걸음도 오 리를 지나자 점점 느려졌다.

그가 제아무리 범인의 마음을 잘 안다 해도 정확한 길을 유추한다는 것은 쉬운 일이 아니었다. 수룡위사대가 남긴 표식도 점점 거리가 벌어져서 찾기가 쉽지 않았고.

하지만 아직까지는 그의 경험과 감각이 가리키는 곳과 표식의 방향이 일치하고 있었다.

임강령은 좀 더 확실하게 표식을 남기고 수룡위사대의 뒤를 쫓아갔다.

한편, 백리진은 임강령이 잘 아는 것처럼 대하는 북궁천의 정체가 무척 궁금했다.

수룡위사대가 남긴 표식을 찾기 위해 땅을 살펴보던 그는 북궁천이 바로 옆까지 오자 불쑥 질문을 던졌다.

"자네, 아우를 잘 아는가?"

북궁천은 마음이 초조해서 대화하고 싶은 마음이 없었다.

하지만 상대가 상대인 만큼 입을 닫고만 있을 수도 없었다. 대화를 하다 보면 초조한 마음이 진정될 것 같다는 생각도 들었고.

"오늘 처음 뵈었습니다."

"그래? 의외군. 아우는 사람 사귀는 재주가 별로 없는 사람이어서 강호의 젊은이들과는 잘 어울리지 않는데 말이야."

그에 대한 답은 앞서 가던 임강령이 했다.

"그 친구가 단화린입니다, 형님. 마소곡이 그 친구의 손에 죽었다는군요."

백리진의 눈이 조금 커졌다.

"허, 그래?"

북궁천은 백리진마저 마소곡의 이름을 듣고 놀라자 의아한 생각이 들었다.

"마소곡이란 자를 죽인 게 그리 대단한 일인 줄은 미처 몰랐군요."

"그가 누군지도 모르고 죽였단 말인가?"

"죽느냐 사느냐 하는 판에 이름까지 알 필요는 없지요."

"하긴 그도 그렇군. 더구나 자네처럼 젊은 친구는 그를 모를 수도 있지. 십여 년 전에 강호에서 사라진 자니까."

"그래도 검왕이 어떤 분인지는 압니다."

백리진은 한 방 맞은 사람처럼 북궁천을 쳐다보았다.

북궁천은 초조함이 조금 가라앉은 표정으로 말을 이었다.

"강호에서 진정으로 대협이라 할 수 있는 분 중 한 분이라 하더군요."

"과분한 말이네. 나는 그저 남보다 검을 조금 잘 쓰고, 독한 성격이 아닐 뿐이네. 그런 정도로 대협이라는 말을 듣는다면 천하에 대협이 수천 명은 될 거네."

달리듯이 빠르게 걸어가던 임강령이 그 말을 듣고 한마디 툭 던졌다.

"형님은 너무 자신을 과소평가해서 탈입니다."

"사람들이 나를 과대평가한 거지."

"그럼 백리 대협께선 어떤 사람이 진정한 대협이라 생각하십니까?"

북궁천은 단도직입적으로 물었다.

다른 누구보다 그에게서 대협의 의미에 대해 듣고 싶었다.

시기가 미묘하긴 하지만, 지금이 아니면 다시는 듣지 못할지도 몰랐다.

"대협이라…… 강압에 굴하지 않고 의기로운 일에 자신의 모든 것을 던질 수 있는 사람이라면 대협이라 할 수 있겠지. 그런 사람은 많은 것 같으면서도 적고, 적은 것 같으면서도 많다네. 사실 나보다는 자네 옆에 있는 아우가 대협이라 불려야 하지."

"형님도 참……."

백리진은 임강령의 머쓱해하는 표정을 못 본 척하고 단화린만 바라보았다.

"그런데 자넨 대협이라는 말에 유난히 관심이 많은 것 같군."

북궁천은 앞만 보고 걸음을 옮기면서 무심한 어조로 말했다.

"옛날에…… 어떤 여자가 저에게 대협이 되라 하더군요. 그럼 제 여자가 되겠다면서요."

그런데 자신이 머뭇거린 사이 그녀가 납치되었다. 많은 것을 물어보고 싶은데, 그럴 시간도 주지 않고.

"그녀의 말을 듣고 대협이 되어 볼까 했는데 흉내 내는 것도 쉽지가 않더군요. 이제는 그나마도 어려워질지 모르겠습니다만……."

더는 머뭇거리지 않으리라. 더는…….

어둠을 응시하는 그의 두 눈이 천공의 어둠을 모조리 빨아들일 것처럼 깊어졌다.

'려려, 무사해야 한다. 나를 위해서라도, 세상을 위해서라도.'

만약 그녀가 잘못되기라도 한다면, 천하는 마제의 분노에 치를 떨어야 할 것이다!'

그즈음, 서문려려의 납치 소식을 들은 위효릉은 비상을 걸고 무사들을 소집했다.

서문려려는 구양우경과 혼인할 여인임과 동시에 서문각의 딸이었다.

만약 범인이 천사교도라면 그녀를 철저히 이용할 터. 삼성궁에 적지 않은 타격을 줄 것이 분명했다.

무사들이 연무장에 모이자, 구양우경은 분노와 슬픔이 담긴 표정으로 말했다.

"부디 내가 사랑하는 여인을 구해 주시오! 범인을 잡고 려매를 구하는데 큰 공을 세운 사람에게는 천금을 주겠소!"

무사들은 그의 말을 듣고 추적 의지를 불태웠다.

천금의 현상금도 현상금이지만, 구양우경의 서문려려에 대한 사랑이 그들의 마음을 움직인 것이다.

하지만 회룡당 무사들과 함께 있던 태극문 제자들은 헌원려려가 납치되었다는 사실을 알고 가슴이 조마조마했다.

'대형은 어딜 간 거야?'

'설마 대형이 그녀를 납치한 것은 아니겠지?'

북궁천이 삼성궁에 들어온 이유가 무엇이던가. 헌원려려 때문이 아니던가?

그들이 그런 생각을 하는 것도 무리는 아니었다.

만약 그게 사실이라면, 뒤도 돌아보지 말고 태원까지 도망가야 했다.

그들이 엉뚱한 고민을 하는 사이, 위효릉은 무사들을 다섯

조로 나누었다.

그는 이번 추적에 삼성궁의 무사 거의 대부분을 동원할 작정이었다.

납치범을 쫓기에는 지나칠 정도로 많은 인원임에도 누구 하나 이의를 제기하지 않았다.

삼성궁의 후계자인 소궁주 구양우경과 혼인할 여인이 납치를 당한 것이다.

출동 준비가 끝나자 위효릉은 구양우경에게 말했다.

"소궁주는 이곳에 계시게나. 나와 등 형이 직접 갈 테니까."

"아닙니다, 각주. 저도 가겠습니다. 제 여자를 구하는 일인데 제가 빠지면 안 되지요."

말하는 구양우경의 두 눈 깊은 곳에서 광기에 찬 살기가 꿈틀거렸다.

언뜻 그걸 본 위효릉의 눈에서 찰나간 기광이 번뜩였다.

'그런 살기도 가끔은 필요하지.'

하지만 그는 못 본 척하며 고개를 끄덕였다.

"하긴 이곳에만 있으면 마음이 더 답답하겠지. 좋네, 함께 가세."

*　　　*　　　*

진원보를 나선지 삼각이 지날 즈음, 멈췄던 눈이 다시 내리기 시작했다.

임강령은 눈살을 찌푸렸다.

이대로 표식이 눈에 덮이면 온전히 자신의 능력만으로 적을 추적해야 한다.

문제는 그럴 경우 시간이 더 걸린다는 점이다. 한시 빨리 거리를 좁혀야 하거늘.

"그들과의 거리가 얼마나 될 것 같은가?"

백리진이 임강령의 마음을 읽고 물어보았다.

"멀리 떨어지지는 않았을 겁니다."

임강령은 대답을 하면서 서쪽을 바라보았다.

자신들의 능력을 생각하면 지금쯤 따라잡았어야 한다. 그런데도 아직 따라잡지 못했다는 것은 수룡위사대원들이 적을 발견하고 빠르게 쫓고 있기 때문일 가능성이 컸다.

마음 같아서는 소리라도 질러서 불러 보고 싶었다. 하지만 지금 상황에서는 범인만 도와줄 뿐이었다.

그 때 어둠속을 바라보던 북궁천이 자신의 생각을 말했다.

"멀리 떨어지지 않았다면 일단 표식이 가리키는 방향으로 빠르게 달려가 보지요."

"그러다 엉뚱한 곳으로 가면?"

"세 사람이 부채꼴로 거리를 둔 채 퍼져서 가면, 표식을 발견한 사람이 있는 곳으로 모이는 시간이 오래 걸리지 않을 겁니다. 그리고 눈이 쌓이면 나쁜 점만 있는 것도 아닙니다. 적어도 덮이기 전까지는 더욱 확실한 표식을 남길 테니까요.”

임강령과 백리진은 북궁천의 의견을 받아들였다.

“좋아, 그럼 내가 중앙을 맡을 테니, 형님이 좌측, 자네가 우측을 맡게.”

세 사람은 십여 장의 간격을 두고 앞으로 달려갔다.

그들은 빠르게 달리면서도 바닥에 남은 흔적을 놓치지 않았다.

그렇게 삼백여 장 달렸을 때 백리진이 신호를 보냈다.

북궁천과 임강령은 그가 있는 곳으로 달려갔다.

그가 서 있는 곳에는 화살표와 발자국이 일렬로 있었는데, 눈은 겉에만 살짝 쌓여 있었다.

임강령뿐만 아니라 백리진과 북궁천도 수룡위사대와의 거리가 지척임을 느끼고 추적을 서둘렀다.

앞서 달리던 임강령이 피를 뒤집어쓴 채 널브러져 있는 시신 두 구를 발견한 것은 추적을 시작한 지 반 시진 만이었다.

일대는 눈으로 엷게 덮여 있었는데, 핏물에 눈이 녹으면서 시뻘건 색깔이 더욱 선명했다.

북궁천은 시신을 뒤집어 보고 그중 하나의 얼굴을 알아보았다.

그가 구양우경을 만나러 갔을 때 봤던 자였다. 하지만 다른 하나는 복장도 다르고 얼굴도 모르는 자였다.

두 구의 시신은 많은 것을 시사했다.

북궁천 일행이 범인의 뒤를 제대로 쫓고 있다는 것. 범인에게 동조자가 있다는 것. 그리고 거리가 멀리 떨어지지 않았다는 것까지.

그가 이를 지그시 악물고 있는데, 임강령이 시신의 몸을 살펴보고 일어났다.

시신의 온기가 그대로 남아 있었다. 심지어 피도 아직 멈추지 않은 상태였다.

"죽은 지 얼마 되지 않았습니다. 조금만 더 가면 꼬리를 잡을 수 있을지도……."

그 때 북궁천이 흠칫, 고개를 들고 서쪽을 바라보았다.

간발의 차이로 백리진과 임강령도 뭔가를 느꼈는지 고개를 돌렸다.

바람 소리, 마른 나무 부딪치는 소리, 낙엽이 떨어지는 소리. 그 와중에 병장기 부딪치는 날카로운 소리가 섞여 있었다.

세 사람은 누가 먼저라 할 것 없이 소리가 들려오는 곳을 향해서 몸을 날렸다.

싸우는 소리가 들린 곳은 상당히 멀었다. 게다가 평지가 아닌 야산이 중첩된 지형인 데다 눈마저 내리는 밤이어서 생각했던 것보다 시간이 더 걸렸다.

북궁천과 임강령, 백리진이 백여 장 거리까지 접근하는 동안 두 차례의 비명이 어둠을 흔들었다.

마음이 다급해진 백리진과 임강령은 더욱 속도를 냈다.

목적지가 코앞인 만큼 단화린이 따라오지 못하더라도 더 이상은 신경 쓸 여유가 없었다.

북궁천은 그들의 뒤를 바짝 따라가며 엄지로 검을 밀어 올렸다.

풀 한 포기 없는 황량한 언덕을 하나 넘자 격전을 벌이는 자들이 보였다.

어둠이 깔린 설원에서 싸우고 있는 자는 적아를 합쳐서 십여 명.

그런데…… 헌원려려가 보이지 않는다.

'려려!'

가슴으로 그녀를 부른 북궁천은 백리진과 임강령의 뒤를 따라서 격전장으로 몸을 날렸다.

수룡위사대원이 다섯, 적으로 보이는 흑의인이 여덟.

땅바닥에는 대여섯 명이 눈을 시뻘겋게 물들인 채 쓰러져 있었다.

격전이 벌어지는 곳으로 뛰어든 북궁천은 망설이지 않고 살수를 썼다.

적을 살려서 제압하겠다고 촌각의 시간을 더 쓰는 것조차 아까웠다. 말을 할 수 있는 자는 하나면 족하니까.

오죽하면 방해가 되는 수룡위사대원의 검마저 쳐 내고 흑의인의 목을 쳤다.

쩌저정! 서걱!

단숨에 흑의인 하나를 베어 버린 그는 또 다른 먹이를 찾아 몸을 날렸다.

백리진과 임강령도 수룡위사대가 상대하던 자들을 빠르게 제압했다.

수룡위사대원들은 백리진과 임강령을 알아보고 눈을 부릅떴다.

검왕과 고검이 황량한 벌판에 나타난 것이다.

흑의인들은 그들의 적수가 되지 못했다. 그들이 검을 휘두를 때마다 흑의인들은 철벽에 부딪친 것처럼 튕겨져 나뒹굴었다.

북궁천은 다른 자들을 두 사람에게 맡기고 외곽 쪽의 흑의인을 노렸다.

그는 묵혼으로 상대의 검을 쳐 내고, 가슴을 향해 좌수 일권을 뻗었다.

쾅!

북두패왕권이 가슴에 틀어 박히자 흑의인의 몸이 훌훌 날아갔다.

성큼성큼 걸음을 옮긴 북궁천은 땅에 떨어져서 발버둥 치는 흑의인의 가슴을 검으로 가리키며 나직이 물었다.

"그녀를 납치한 자는 어디로 갔지?"

두 눈 깊은 곳에서 활활 타오르는 분노의 불길이 흑의인의 영혼을 압박했다.

고통에 일그러진 흑의인의 표정이 거세게 흔들렸다.

북궁천은 흑의인의 발목에 오른발을 얹고 지그시 밟았다.

우두둑.

"끄으으으."

"천사교의 개, 그녀를 어디로 데려갔지?"

흑의인은 뼈가 으스러지는 와중에도 입을 열지 않고 망설였다.

북궁천의 발이 다른 쪽 발목에 얹어졌다.

"말하지 않으면 죽을 때까지 지옥의 고통을 맛보게 될 거다. 네놈의 살을 으깨고 뼈를 조각조각 부숴 버릴 테니까."

뇌리를 뒤흔드는 처절한 분노의 울림.

한 점 흔들림 없는 두 눈에서 쏟아져 나오는 살광.

오오, 마음속에 있던 아수라가 눈앞에 현신한 것인가?

흑의인은 덜덜 몸을 떨면서 입을 달싹였다.

"호, 호교령께선…… 상남으로……."

"서평이 아니고 상남? 이유가 뭐지?"

"소존께서 상남에……."

순간 북궁천의 두 눈 깊숙한 곳에서 타오르던 불길이 밖으로 표출되었다.

"설마…… 소존이란 자에게 그녀를……?"

"그, 그렇게 알고 있습…… 끄어어억!"

분노의 불길에 휩싸인 북궁천은 흑의인의 나머지 발을 으깨 버렸다.

그리고 비명을 내지르는 그의 목을 쳐 버렸다.

그즈음, 백리진과 임강령이 흑의인들을 모두 쓰러트렸다.

쓰러진 흑의인 중 살아남은 자는 셋. 두 사람은 그들을 취조해서 서문려려의 행방을 알아낼 생각이었다.

하지만 북궁천은 그들이 취조를 마칠 때까지 기다릴 마음의 여유가 없었다.

휘익! 땅을 박찬 그는 서쪽으로 몸을 날렸다.

"이보게!"

임강령이 그 모습을 보고 소리쳐 불렀지만 북궁천은 순식간에 어둠 속으로 사라졌다.

"이자들은 수룡위사대에게 맡기고 단화린을 쫓아가세. 조금 전 저자를 다그치더니 뭘 알아낸 모양이네."

백리진은 임강령을 재촉했다.

자신들에게 아무런 말도 하지 않고 추적에 나선 것이 이상하긴 했지만, 뜻밖의 행동을 보일 때는 그만한 이유가 있을 것이었다.

"알겠습니다. 자네들은 이자들을 취조해서 좀 더 확실한 것을 알아내게."

임강령은 장호문에게 천사교도들을 맡기고 백리진과 함께 신형을 날렸다.

북궁천은 눈이 내리는 어둠을 가르며 달렸다.

눈 위로 희미한 발자국이 이어져 있었다. 대략적인 추측만으로도 대여섯 명은 될 듯했다

하지만 시간이 갈수록 눈이 굵어지면서 함박눈으로 변하고 발자국은 점점 희미해졌다.

북궁천은 그나마 희미하던 발자국이 거의 보이지 않자 직감에 의존한 채 서쪽으로 달렸다.

헌원려려를 납치한 자가 상남으로 가려면 어차피 서쪽으로 가야 할 터. 모로 가도 놈을 잡기만 하면 되는 것이다.

그런데 어느 순간, 앞에 짙은 어둠의 장막이 펼쳐졌다.

보이는 것은 어둠을 가르며 떨어지는 함박눈뿐. 나무도 바위도 보이지 않고 바람만이 아래쪽에서 세차게 불어왔다.

앞에 낭떠러지가 있는 것이다.

낭떠러지로 접근한 그는 가슴이 텅 빈 것처럼 허탈해졌다.

발 아래쪽은 깎아지른 절벽이었다. 납치범이 미치지 않은 이상 이곳으로 왔을 리가 없었다.

다급한 마음에 길을 잘못 들었다는 말. 미칠 것만 같았다.

"려려어어어어!"

그는 가슴에 뭉친 답답함을 허공에 대고 폭발시켰다.

천지를 뒤흔드는 벽력같은 외침에 산천초목이 전율하며 몸서리쳤다.

얼마나 지났을까.

어둠의 장막을 바라보던 북궁천은 몸을 돌렸다.

분노의 불길이 이글거리던 눈빛은 어느새 오석을 깎아 만든 눈처럼 무심하게 가라앉아 있었다.

그 때 저 아래쪽에서 임강령의 목소리가 들렸다.

"이보게, 화린! 거기 있는가?"

북궁천은 임강령과 백리진이 있는 곳으로 내려갔다.

납치범의 흔적은 모조리 눈에 덮여 임강령이라 해도 찾지 못할 것이다. 하지만 그자가 상남으로 간다는 게 확인된 이상 아직 놓친 것은 아니었다.

'오늘의 빚은 철저히, 질리도록 철저하게 갚아 주마!'

*   *   *

차디찬 날씨에 얼굴의 신경이 굳어 가는 것만 같다.

자신은 이제 어떻게 되는 걸까? 이대로 저들에게 넘어가는 걸까?

헌원려려는 절망감에 빠져 정신이 아득했다.

잠이 들기 직전. 누군가가 들어와서 혈도를 제압했을 때 납치를 예감했다.

하지만 움직일 수 있는 곳이라고는 눈과 입이 전부였다.

그나마도 말은 할 수 없었고, 손가락 하나 겨우 들어갈 정도만 벌릴 수 있었다.

목에 걸린 목걸이가 그녀의 입으로 들어온 것은 납치범이 그녀를 어깨에 멨을 때였다. 그리고 창문을 통과하면서 포대 귀퉁이가 살짝 찢어졌다.

찢어진 곳을 통해 바람이 들어오자, 순간적으로 머리를 굴린 그녀는 입에 물린 목걸이의 끈을 이로 씹어서 잡아 뜯었다.

끈의 한쪽은 구슬이 빠져나가지 못하도록 고리가 달려 있었다.

그녀는 혀를 이용해서 반대쪽부터 입안으로 끌어들였다. 곧 구슬이 그녀의 입안에 가득 찼다.

그녀는 바람이 들어오는 곳, 포대가 뜯어진 곳을 통해서 구슬을 하나씩 뱉어 냈다.

납치범이 수상하게 여기면 멈추고, 주위에서 바람 소리나 나무 스치는 소리, 낙엽 떨어지는 소리가 날 때만 뱉어 냈다.

누가 발견할 거라는 확신은 처음부터 없었다. 그저 최선을 다해 보려 한 것뿐.

그렇게 얼마를 가자 납치범이 조력자들과 합류했다.

그때부터는 구슬을 뱉어 내는 걸 더욱 조심했다. 뒤쪽에서 인기척이 느껴지지 않을 때만 하나씩 뱉어 냈다.

하지만 곧 그녀는 또다시 절망감에 휩싸였다. 눈이 내리기 시작한 것이다.

눈이 내리면 작은 구슬은 금방 묻혀 버릴 것이 아닌가.

그런데 다행히도 하늘이 그녀의 노력에 감동했는지 수룡위 사대의 무사들이 납치범을 쫓아왔다.

그녀는 그들이 제발 자신을 구해 주길 바랐다.

그러나 기대는 기대로 끝나고 말았다. 그들은 납치범의 조력자들에게 막혀서 자신을 쫓아오지 못하고 발길이 묶여 버린 것이다.

얼어붙은 눈꺼풀이 파르르 떨렸다.

여태 참으며 한 가닥 희망을 품었는데 그조차 수포로 돌아가다니.

참고 참으려 해도 두 눈에 눈물이 가득 고였다.

대체 자신이 뭘 그리도 잘못한 걸까? 뭘 잘못해서 하늘은 이런 시련을 내리는 걸까?

바로 그 때, 하늘이 울어 댔다.

려어어어, 려어어어어어어…….

메아리치는 소리여서 자세히 들리진 않았다.

하지만 그녀의 귀에는 마치 자신의 이름을 부르는 것처럼 들렸다.

왠지 모를 아픔이 느껴지는 소리. 분노한 용이 울어 대는 소리 같았다.

그런데 기이하게도 가끔 꿈속에서 들리던 목소리와 비슷했다. 얼마 전에 들었던 환청과 같은 목소리 같기도 했고.

그의 목소리, 북궁천의 목소리 말이다.

순간, 가슴이 들썩거리면서 참았던 눈물이 한꺼번에 쏟아졌다.

'미안해요, 정말 미안해요. 당신에게 말했어야 하는데……'

그 시각.

진원보를 나선 추적대의 선두는 임강령이 남긴 표식을 따라서 빠르게 서쪽으로 달렸다.

그리고 반 시진이 채 지나기도 전에 수룡위사대원들을 만나 상황을 전해 들었다.

위효릉은 그들의 설명을 듣고는, 납치범이 천사교도라는 게 확실해지자 짐짓 노성을 내질렀다.

"역시 간악한 그놈들 짓이로구나! 놈들이 소궁주와 혼인할 여인을 납치했는데도 참고만 있으면 강호의 친구들이 우릴 비웃을 거요! 등 형, 어떻게 하시겠소?"

사실 그는 출발할 때부터 무사들의 분노가 정점에 치달았을 때 서평을 공격할 생각이었다. 소궁주의 여인을 이용하는 것처럼 보일까 봐 남들에게 미리 말을 안 했을 뿐.

진원보에 있던 삼성궁의 무사 대부분을 출동시킨 것도 그러한 계획 때문이었다.

그런데 예상대로 납치범이 천사교도라는 게 밝혀지자 그 점을 철저히 이용했다.

등조립도 이대로 물러설 마음이 없었다.

"개만도 못한 놈들! 이 기회에 삼성궁의 분노를 보여 줍시다!"

분노한 사람들은 누구도 그들의 의견에 반대하지 않았다.

반대는커녕 노성을 터트리며 당장 서평으로 달려가자고 설쳤다.

"이 인원이면 상남까지 칠 수 있을 거요! 갑시다!"

"우리가 서평을 칠 거라고는 생각도 못 하고 있을 거요! 당장 놈들을 칩시다!"

위효릉은 어느 정도 분위기가 무르익자 빠르게 명령을 내렸다.

"곽 령주!"

"예, 군사!"

"즉시 흩어져 있는 본 궁의 무사들에게 연락을 취해서 정산곡으로 집결시켜라!"

한편, 태극문 제자들은 단화린이 백리진, 임강령과 함께 납치범을 추적하고 있다는 소식을 듣고 가슴을 쓸어내렸다.

'휴우, 그럼 그렇지. 대형이 그녀를 납치했을 리가 없지.'

'조마조마했네.'

이제 당분간은 가슴 졸이지 않아도 될 것 같았다.

대형이 엉뚱한 짓만 하지 않는다면.

* * *

눈은 멈췄지만 하늘이 구름으로 가려지고, 세상이 온통 하얗게 변해서 동서남북을 가늠하는 것조차 쉽지 않았다.

추적에 수많은 경험이 있는 임강령조차 시시때때로 주위를 살피며 방향을 잡아야만했다.

북궁천은 답답한 가슴을 억누르고 묵묵히 뒤만 따라갔다.

그렇게 세 사람이 서평 북쪽 이십 리 지점에 위치한 화전민촌에 도착한 것은, 진원보를 나선지 네 시진이 지난 인시(寅時:오전3시~5시) 무렵이었다.

임강령은 미안함을 무릅쓰고 민가로 들어가서 자는 사람을 깨워 정확한 위치를 물었다.

"서평은 여기서 남쪽으로 이십 리 정도 가야 합니다요, 나리."

사십 대로 보이는 농부는 겁에 질린 목소리로 말하면서, 무슨 일인가 싶어 밖으로 나오려는 자신의 가족 앞을 가로막았다.

임강령은 쓴웃음을 지으면서 그에게 반 냥짜리 은자 조각을 건네주었다.

"알려 줘서 고맙소. 이것은 잠을 깨운 대가요."

농부는 떨리는 손으로 은자를 받아들고 눈이 휘둥그레졌다. 화전민촌에 사는 그로서는 구경하는 것조차 쉽지 않은 거액이었다.

이런 대가만 지불한다면 매일 새벽에 깨워도 대환영이었다.

"아이고, 뭐, 이런 걸……."

"상남으로 가려면 어느 쪽으로 가는 게 빠른지 알고 있소?"

농부는 웃음을 지으면서 친절하게 설명해 주었다.

"저쪽으로 넘어가면 길이 세 갈래로 나눠지는 곳이 나옵죠. 언뜻 생각하면 남쪽으로 가는 길이 가까울 것 같지만, 그 길로 가면 산을 뺑 돌아가야 하니 북쪽으로 가십쇼. 오 리 정도만 가면 곧장 상남으로 넘어가는 길이 나올 겁니다요."

농부의 말대로 세 갈래 길에서 북쪽 길을 택해 오 리쯤 가자 서쪽으로 꺾어지는 고갯길이 나왔다.

이제 상남까지 얼마 남지 않은 상황. 날듯이 달려서 고개를 넘은 세 사람은 곧장 서쪽으로 달렸다.

그런데 그들이 삼십여 리를 달렸을 때였다. 남동쪽에서 서쪽으로 길게 이어진 발자국이 보였다.

대여섯 명이 지나간 것 같은 발자국이었는데, 앞으로만 쿡쿡 찍으면서 나아간 것이 무인들의 걸음걸이였다.

게다가 간격이 일 장 이상인 걸 보면 상당한 고수들이 지나간 자국이었다.

"발자국 상태로 봐서 지나간 지 오래되지는 않은 것 같습니다."

임강령은 백리진에게 말하고 서쪽으로 이어진 발자국을 노려보았다.

납치범이 상남에 먼저 들어가면 일이 복잡해진다. 그런데 잘하면 그 전에 잡을 수 있을 것 같다.

"좋아, 잘하면 놈들이 상남에 들어가기 전에 잡을 수 있겠군. 가세."

백리진의 목소리에 힘이 실렸다.

북궁천의 암울하게 깊어진 두 눈에서도 다시 스산한 살기가 회오리쳤다.

第十章

　이십여 리를 달리자 발자국이 금방 지나간 것처럼 선명해
졌다.

　북궁천 등은 앞을 주시하면서 빠르게 전진했다.

　희미한 인영이 보인 것은 숲 가장자리를 따라 나 있는 구
불구불한 길을 막 돌아갔을 때였다.

　거리는 백여 장. 문제는 그들과의 사이에 몸을 숨길 곳이
없다는 것이었는데, 그렇다고 머뭇거릴 시간도 없었다.

　어둠 저 끝자락에서 불빛이 보였다. 아무래도 상남에 거
의 다 온 듯했다.

　땅을 박찬 세 사람은 전력을 다해서 몸을 날렸다.

세 줄기 선이 어둠을 뚫고 일직선으로 뻗어 갔다.

앞서 가던 자들이 그들을 발견한 것은 거리가 오십여 장으로 줄어들었을 때였다.

그들은 달려오는 사람들이 적임을 감지하고 더욱 빨리 달려갔다.

삑, 삑, 삐이이익!

호각 소리가 다급하게 울리며 허공에 울려 퍼졌다.

임강령과 백리진, 북궁천은 아랑곳하지 않고 그들을 향해 달려가며 검을 뽑았다.

거리가 빠르게 줄어들었다.

그 때 앞서 달리던 자들 중 몇이 걸음을 멈추고 돌아섰다.

"웬 놈들이 우릴 쫓아오는 거냐?"

오 장 앞까지 다가간 백리진과 임강령은 대답 대신 검을 휘둘렀다.

뇌전 같은 검세가 어둠을 가르며 쭉 뻗어 갔다.

쩌저정!

어둠이 진저리치며 터져 나가고, 그들과 맞섰던 네 사람은 가공할 검세를 이기지 못한 채 뒤로 튕겨졌다.

그러나 북궁천은 그들을 상대하지 않고 도주하는 두 사람을 쫓아갔다.

도주하는 자 중 한 사람의 등에 사람 크기만 한 포대가 걸쳐져 있었다. 그 안에 헌원려려가 들어 있는 듯했다.

그런데 그자는 사람을 메고도 속도가 줄기는커녕 혼자서 경공술을 펼치는 자보다 더 빨랐다.

한 번 도약할 때마다 십여 장씩 날아간 북궁천은 그들과의 거리를 빠르게 줄였다.

허공을 훌훌 날아가는 그의 모습은 한 마리 대붕과도 같았다.

그렇게 백여 장을 달려 거리가 십여 장으로 줄어들자, 약간 처졌던 자가 칼을 빼 들고 북궁천의 앞을 가로막았다. 그리고 포대를 멘 자만 상남을 향해서 전력으로 질주했다.

북궁천은 나아가던 상태 그대로 검을 내리쳤다.

번쩍!

희뿌연 어둠 속에서 묵빛 뇌전이 떨어졌다.

쾅!

고막을 울리는 굉음이 터지고, 칼을 든 자의 몸이 눈 위로 칠팔 장이나 미끄러졌다.

북천궁의 삼대패천검공(三大覇天劍功) 중 하나인 뇌정무적세(雷霆無敵勢)가 상대의 칼은 물론 내부까지 터트려 버렸다.

하지만 그자와의 충돌로 멈칫한 사이, 북궁천과 포대를 멘 자의 거리가 이십 장으로 벌어졌다.

북궁천은 다시 땅을 박차고 전력을 다해 경공술을 펼쳤

다.

바로 그 때, 상남 쪽에서 시커먼 인영들이 개미 떼처럼 우르르 쏟아져 나왔다.

포대를 멘 자는 혼신을 다해 달리며 소리쳤다.

"나는 호교팔령이다! 빨리 와서 이놈들을 막아라! 소존께 드릴 선물을 뺏으려는 놈들이다!"

호각 소리를 듣고 상남에서 나온 자들은 달려오는 자가 강호의 각 세력에 숨어든 십이호교령(十二護敎領) 중 호교팔령이라는 말에 더욱 속도를 냈다.

북궁천이 거리를 좁히고 있지만, 앞에서 달려오는 천사교도와 호교팔령의 거리도 그만큼 빨리 좁혀졌다.

하지만 북궁천은 찰나의 순간도 멈칫거리지 않고 몸을 날렸다.

그리고 거리가 삼 장으로 줄어든 순간, 좌수를 들어 앞으로 뻗었다.

쾅!

폭음이 울리며 이 장 앞에 쌓인 눈이 폭발하듯이 터져 나갔다.

그 여파에 호교팔령의 몸이 비틀거렸다.

북궁천은 그사이 거리를 좀 더 좁히며 검을 뺐었다.

순간적으로 묵혼의 검첨에서 시커먼 검강이 죽 뻗어 나갔다.

후우우웅!

호교팔령은 등 뒤에서 밀려드는 가공할 기운을 느끼고는 홱 몸을 틀면서 우장을 쳐 냈다.

추적자들의 가공하리만치 빠른 경공술을 보고 느낌이 좋지 않아 도주하고 있지만, 그 역시 강호에서 절정고수로 명성이 자자했다.

더구나 천사교도들이 코앞까지 다가왔거늘, 호교령의 체면을 구길 수는 없는 일이 아닌가.

한두 번만 막으면 천사교도들이 놈들을 상대할 터.

"이노오오옴!"

그는 남몰래 이십 년을 익혀온 혈사장(血邪掌)을 발출하며 노성을 내질렀다.

시뻘건 혈사장이 어둠을 더욱 검게 물들이며 장심에서 쏟아져 나가더니, 밀려드는 검강과 정면으로 부딪쳤다.

쩌저적!

바위가 갈라지는 소리와 함께 혈사장의 장세가 산산이 부서졌다.

"거, 검강?"

눈이 튀어나올 것처럼 불거진 그는 혼신의 힘을 쏟아 내 검강의 접근을 막았다.

하지만 북궁천의 검세는 그가 짐작했던 것보다 더 날카롭고, 패도적이었다.

　단숨에 혈사장을 그물처럼 갈라 버린 검강은 그의 손가락마저 잘라 버렸다.
　퍼벅!
　검에 실린 힘이 얼마나 패도적인지 잘린 손가락이 허공에서 터져 나갔다.
　그런데 검강과 부딪친 충격으로 호교팔령의 몸도 뒤로 튕겨지면서, 달려오는 천사교도들 앞으로 날아갔다.
　“크으으윽.”
　겨우 땅에 내려서서 비틀거리는 그의 얼굴이 악귀처럼 일그러졌다.
　손가락이 잘린 곳에서 피가 뿜어졌다.
　뇌리를 후비는 극렬한 고통!
　그는 당하고도 믿을 수가 없었다.
　혈사장이 깨진 것으로도 모자라 손가락이 잘리다니!
　“저놈을 죽여라!”
　분노에 휩싸인 그는 악에 바친 목소리로 소리쳤다.
　북궁천은 단숨에 적의 목숨을 취하지 못한 점이 못내 아쉬웠다.
　헌원려려가 다칠까 봐 묵혼에 칠성의 공력만 담았다. 그 바람에 호교팔령은 손가락 세 개만 잃은 채 천사교도 속으로 떨어지고 말았다.
　헌원려려가 위험해지는 한이 있어도 공력을 좀 더 끌어

올렸어야 하거늘. 그랬다면 저자를 죽이고 려려를 낚아챘을 것이 아닌가.

하지만 이미 지난 일. 후회해 봐야 무슨 소용이랴.

그는 달려드는 천사교도들을 향해 몸을 날리며 검을 휘둘렀다.

천사교도의 숫자는 이백 명에 달했다. 그러나 그는 오만한 일성을 내지르며 그들 속으로 뛰어들었다.

"내 앞을 막는 자는 누구든 죽인다!"

그와 동시에 백리진과 임강령이 날아들더니 천사교도들을 공격했다.

잘린 손가락 부위를 지혈하고 찢어 죽일 듯이 북궁천을 노려보던 호교팔령은 뒤늦게 두 사람의 정체를 알아보고 기겁했다.

"거, 검왕과 고검이다!"

어쩐지 자신을 호위하던 자들이 힘도 못 써 보고 뚫렸다 했더니, 설마 검왕 백리진과 고검 임강령일 줄이야!

"그들을 막아라! 모두 합공해서 막아!"

그는 손가락 잘린 고통조차 잊고 악을 쓰며 뒤로 물러났다.

천사교도의 숫자는 이백 명에 달했다.

'검왕과 고검이 아무리 강해도 저들을 다 죽일 수는 없겠지.'

그러나 살계를 펼치기로 작정한 두 사람의 검은 이전과
판이하게 다를 정도로 강력했다.

소궁주와 혼인할 여자가 적의 손에 넘어갈 판이었다. 손
에 인정을 둘 여유가 없었다.

고오오오! 쩌저저적!

검기의 폭풍이 앞으로 나선 천사교도들을 휩쓸었다.

천사교도들은 그들의 일검도 제대로 받아 내지 못하고
피를 뿌리며 나뒹굴었다.

순식간에 칠팔 명이 쓰러지자 천사교도들도 멈칫거리며
무작정 달려들지 않았다.

하지만 그들을 진정 두렵게 만드는 사람은 검왕과 고검
이 아닌 북궁천이었다.

그는 이제 자신의 힘을 억누르던 단화린이 아니었다.

헌원려려를 구하기 위해 모든 힘을 드러낸 북천마제였다.

떠더덩! 콰과광!

묵혼은 상대의 무기와 몸을 동시에 잘라 버렸다.

북두패왕권과 앙천회류장은 부딪쳐 오는 모든 것을 부숴
버렸다.

자신의 앞을 막는 자는 그 누구도 예외가 없었다.

"살고 싶은 자는 비켜라!"

절대패력!

북천을 공포에 떨게 했던 마제의 신위가 근 삼 년 만에

하남 땅 저 구석진 곳에서 재현되고 있는 것이다.

눈 깜짝할 새에 십여 명이 대항도 못 해 보고 죽어 가자, 호교팔령의 표정이 귀신을 본 것처럼 하얗게 탈색되었다.

'맙소사! 저놈이 누구기에 저리도 강하단 말인가!'

그 때 임강령이 분노해 소리쳤다.

"진천일수 양고명! 네놈이 천사교의 주구였단 말이냐!"

양고명은 삼성궁의 빈객으로 이번 후속대에 속해 있던 자였다.

악을 원수처럼 미워하는 걸로 유명한 그가 천사교의 주구라니. 소궁주의 여인을 납치하다니!

참으로 기가 찰 일이 아닐 수 없었다.

양고명은 좀 더 안쪽으로 들어간 후 임강령을 향해 소리쳤다.

"임강령! 천사지존의 눈과 귀는 천하에 없는 곳이 없느니라!"

바로 그 순간, 북궁천이 대붕처럼 날아올라서 단숨에 십여 장을 날아갔다.

그리고 곧장 양고명의 머리 위로 떨어졌다.

오십여 명이 그를 둘러싸고 있었지만, 북궁천은 추호도 망설이지 않았다.

"막는 자는 모두 죽을 것이다!"

그의 일갈에 천지가 들썩였다.

쏴아아아아!

그의 몸에서 퍼져 나오는 가공할 패기에 어둠마저 사방으로 밀려났다.

바람도 없는데 머리카락과 옷자락이 거센 폭풍 앞에 선 것처럼 펄럭였다.

그 기세가 오죽 강하면 두려움을 모르는 천사교도들이 겁에 질린 표정으로 주춤거리며 물러났다.

쿵!

지진이라도 난 것처럼 땅을 울리며 내려선 그는 이 장 앞의 양고명을 향해 묵혼을 뻗었다.

"아느냐! 너는 절대 해선 안 될 짓을 저질렀다!"

찰나였다.

후우우웅!

묵혼의 검첨에서 시커먼 뇌전이 일직선으로 쭉 뻗었다.

십이성 진력이 실린 통천일검공(通天一劍功)이었다.

한 줄기 벼락이 양고명의 이마를 꿰뚫은 순간!

퍽!

양고명은 입을 반쯤 벌린 채 멍하니 북궁천을 바라보았다.

그는 죽어 가면서도 자신이 어떻게 죽는지 알지 못했다. 그저 눈앞이 시커멓게 변하는가 싶더니 뇌리가 하얗게 비며 모든 사고가 끊어졌을 뿐.

북궁천은 양고명의 뇌를 완전히 뭉개 버리고 이를 지그시 악물었다.

통천일검공은 북천궁의 삼대패천검공 중 가장 강력한 검공이다. 오죽 익히기가 힘들면 그의 조부조차 칠성 경지에 만족해야 했던 절대검공.

그런 절대검공을 헌원려려에게 해를 끼치지 않고 양고명만을 죽이기 위해 전력으로 펼쳤더니 공력이 급속도로 빠져나갔다.

다행이라면 당장 기혈이 뒤엉키거나 무공을 펼치는 것이 어려울 정도는 아니라는 것이었다.

아마도 육대기가 남긴 영단의 약효로 공력이 늘어난 덕분인 듯했다.

그는 양고명이 앞으로 스르르 쓰러지는 걸 보며 성큼 걸음을 옮겼다. 그러고는 포대를 재빨리 낚아채서 자신의 어깨에 걸쳤다.

순간, 손을 통해 둔한 느낌이 전해졌다. 헌원려려의 몸을 뭔가로 둘둘 감은 듯했다.

추위를 견디게 하려고 그랬는지 몰라도, 그동안 힘들었을 헌원려려를 생각하니 가슴이 먹먹했다.

'려려, 조금만 기다려라.'

"빨리 빠져나오게! 놈들이 몰려오고 있네!"

바깥쪽에서 임강령이 소리쳤다.

천사교도들의 협공을 물리치며 중앙을 향해 나아가던 중 키가 유난히 큰 북궁천의 어깨에 포대가 걸쳐진 걸 본 것이다.

그 때였다.

"천사의 제자들이여! 놈들이 도망가지 못하도록 목숨을 걸고 막아라!"

상남의 남쪽에서 고함이 터져 나오는가 싶더니 수백 명이 달려오는 게 보였다.

사실 이곳에 있는 천사교도들 중 고수라 할 만한 자는 몇 없었다. 기껏해야 교도 일백을 이끈다는 법당주(法堂主) 정도만 나왔을 뿐.

그러나 몰려오는 자들 중 선두에 선 자들은 몸놀림이 예사롭지 않았다. 철은보에 있는 고수들이 쏟아져 나온 것이다.

북궁천은 포대를 멘 채 훌쩍 몸을 날렸다.

뒤늦게 정신을 차린 천사교도들이 몸을 날리며 그의 앞을 막았다.

"놈을 막아!"

"소존께 바칠 선물을 뺏어라!"

북궁천은 북천의 지존무공인 마제일존보(魔帝一尊步)를 펼치며 허공을 걷듯이 날아갔다.

와직! 텅!

천사교도들의 공격은 그의 옷자락 하나 건드리지 못했다.

오히려 마제일존보의 가공한 기운에 눌려 뼈가 부러지고 피를 토하며 꺼꾸러졌다. 발밑 용천혈에서 뿜어지는 진기가 그들의 공세를 짓눌러 버린 것이다.

팔 장을 날아가며 칠팔 명을 꺼꾸러뜨린 그는 포위망의 외곽에 내려섰다. 그러고는 조금도 멈칫거리지 않고 동쪽을 향해 몸을 날렸다.

한쪽에서 천사교도들과 싸우던 임강령과 백리진은 그가 탈출한 것을 보고 즉시 몸을 뒤로 뺐다.

숫자를 헤아릴 수 없는 적들이 이십 장 앞까지 다가와 있었다. 천사교의 주력으로 보이는 자들이.

북궁천에 이어 임강령과 백리진마저 빠져나가자 천사교도들 속에서 노성이 터져 나왔다.

"놈들을 지옥 끝까지 쫓아라!"

"외곽의 법당주들에게 신호를 보내!"

*　　*　　*

새벽이 되자 구름이 걷히면서 동쪽 하늘이 평소보다 더 맑은 주홍빛으로 물든다.

여명이 밝아 오는 시각.

하얗게 물든 대지를 밟고 일천 군웅이 치달린다.

굳게 닫힌 입술. 불타는 눈빛.

움켜쥔 주먹은 분노를 짓이기고, 힘차게 내딛는 두 발은 의지를 표출한다.

목표물은 서평에서 이십 리 남쪽에 있는 광원산장(光源山莊). 그 안의 아수라를 신봉하는 천사교도들이다.

목적은 소궁주의 약혼자를 구하고, 적을 전멸시켜 마의 씨를 말리는 것!

"놈들은 철저히 마에 물들어 있는 자들이오! 어설픈 감정으로 인정을 남기지 마시오!"

등조립의 차가운 목소리가 설원에 울려 퍼짐과 동시에 일천 군웅은 광원산장의 담장을 향해 달렸다.

정산곡을 출발한 지 두 시진 만의 일이었다.

천사교도들은 죽음을 두려워하지 않고 맞섰다.

하지만 인원에서 배 이상 차이 나고 삼성궁 쪽에는 절대 고수마저 둘이나 되었다.

공격을 시작한지 이각도 지나지 않아서 장원 안은 온통 천사교도들의 시신으로 뒤덮였다.

그 와중에 구양우경은 광기에 가까운 살기를 드러내며 천사교도들을 죽였다.

이미 팔다리가 잘려 대항하지 못하는 자도 목을 치고, 비닥을 기고 있는 자의 등에 검을 꽂았다.

정파의 무사라면 함부로 행해선 안 될 행동이었다.

그러나 삼성궁 무사들은 그가 부인이 될 사람을 납치당해서 그런 거라며 측은한 눈으로 바라보았다. 더구나 죽어가면서도 천사지존을 외치며 달려드는 천사교도들에게 질린 무사들은 당연하다는 듯 생각했다.

일부만이 그의 지나친 살상에 눈살을 찌푸릴 뿐.

천광호도 그 일부 중 하나였다.

'마누라 될 여자를 잃더니 완전히 미쳤군.'

구양우경의 마음을 이해하지 못하는 건 아니었다. 하지만 지금까지 알려진 그와는 많이 달랐다.

그런데 언뜻 구양우경이 적의 심장을 꿰뚫고 목을 치며 웃는 것처럼 느껴졌다.

'에이, 설마.'

그걸 본 사람은 그 혼자만이 아니었다.

마침 옆으로 다가온 조관이 얼굴에 난 상흔을 구기며 나직이 말했다.

"당주, 소궁주께서 조금 이상합니다."

천광호는 모른 척 물었다.

"뭐가?"

"아까부터 지켜봤는데, 사람을 죽이면서 웃는 것처럼 보입니다."

“야, 인마. 그럼 소궁주가 미쳤단 말이냐? 웃는 게 아니
라 분노를 참을 수 없어서 얼굴이 일그러진 걸 네가 잘못
본 거겠지.”

그래도 조관은 자신의 고집을 굽히지 않았다.

잠시 머뭇거린 그는 주위를 슬쩍 둘러본 후 말했다.

“처음에는 안 그랬는데, 조금 전부터 즐기는 것처럼 보였
습니다.”

“이 자식이…….”

천광호는 짐짓 눈을 부라리면서도 넌지시 물었다.

“왜 그런 생각을 한 거냐?”

“소궁주는 적을 죽여도 그냥 죽이지 않습니다. 철저하게
고통을 느낄 곳만 골라서 시간을 두고 죽이고 있습니다. 언
젠가 저런 식으로 사람을 죽이는 자를 본 적이 있는데……
계집과 그 짓을 하는 것보다 더 짜릿하다고 하더군요.”

“뭐? 그놈이야말로 진짜 미친놈이군.”

“맞습니다, 원래 미친놈이죠. 오죽하면 별호가 광귀마도
(狂鬼魔刀)겠습니까.”

천광호는 그쯤에서 조관의 말을 끊었다.

“그 자식 미친 거는 나도 알아, 인마. 흰소리 그만하고,
가서 뒷일이나 처리해.”

조관은 구양우경 쪽을 힐끔거리고 고개를 숙였다.

“예, 당주.”

“그리고 너. 죽고 싶냐, 살고 싶냐?”

“벽에 똥 처바를 때까지 살고 싶습니다.”

“그럼 어디 가서 그딴 소리하지 마. 무슨 말인지 알지? 너 때문에 나까지 일찍 죽고 싶지 않으니까.”

조관은 씩 입꼬리를 비틀어 웃었다.

“걱정 마십쇼. 당주님 아니었으면 말도 꺼내지 않았을 겁니다.”

천광호는 손을 저어서 조관을 쫓아내고 검을 지그시 움켜쥐었다.

‘확실히 이상하긴 이상해.’

등조립이 앞장서고 구양우경까지 나선 천사교 공격은 대승을 거두며 마무리되었다.

위효릉은 뒷마무리를 회룡당에게 맡겨 놓고 나머지 무사들을 쉬게 했다.

그 바람에 천광호는 입이 한 자는 더 튀어나왔다.

“지미, 우리도 함께 싸웠는데 왜 뒷일은 우리에게만 맡겨?”

그래도 숫자가 삼분지 일로 줄어든 승룡당 무사들이 그들을 돕겠다고 나서서 더 이상 따지지 않았다.

역시 은혜란 베풀어서 나쁠 게 없었다.

“에이, 형님도 참. 몸도 안 좋은데 쉬지, 뭘 돕겠다고……."

천광호는 그렇게 말하면서도 행여나 진짜로 쉴까 봐 재빨리 일을 할당해 줬다.

"형님은 애들 데리고 저쪽에 있는 시신만 치우고 쉬쇼. 부상자들은 우리가 책임질 테니까."

천종규의 눈에는 시신이 더 많아 보였지만, 도와주겠다고 나서 놓고 이제와 따지기도 어정쩡했다.

"알겠네. 그렇게 하지."

'미친 호랑이를 도와주겠다고 나선 내가 그렇지.'

태극문 제자들은 바삐 움직이면서도 그리 싫은 기분은 아니었다.

두어 번의 대규모 전투를 치르면서 진짜 강호의 무사가 된 기분이었다.

싸움에서도 이겼고, 그다지 큰 부상을 입지도 않았다. 찰과상이라 할 만한 작은 상처만 두어 군데 입었을 뿐.

"흐흐흐, 사부님께서 아시면 뭐라고 하실까?"

이정한이 기괴한 웃음을 지으며 말하자 초강이 쓴웃음을 지었다.

"아마 화내실 겁니다. 왜 그렇게 위험한 곳에 뛰어들었냐면서."

"하긴 사부님은 그러고도 남으실 분이지. 그럼 우리 사부님께 말하지 말자. 알았지?"

이정한의 제안에 동호량과 초강은 고개를 끄덕였다.

그 때 이조량이 그들 있는 곳으로 다가왔다.

"뭐 좋은 일이라도 있습니까?"

"좋은 일은 무슨. 그건 그렇고, 자네 정말 강하던데? 우리는 둘도 쉽지 않은데, 자넨 셋을 혼자서 처리했잖아."

동호량이 부럽다는 듯 말하자 이조량의 얼굴이 살짝 붉어졌다.

"옆에서 형님들이 많이 도와줬잖습니까. 좌우를 신경 쓰지 않아도 되니 마음 놓고 싸울 수 있었던 거죠."

초강도 담담히 웃으며 이조량을 칭찬했다.

"좌우간 대단했네. 자네 덕분에 우리도 편히 싸울 수 있었어. 자, 이제 일이나 합시다, 사형. 당주님 불호령 떨어지기 전에."

천광호가 호랑이는 호랑이였다. 초강의 말이 끝나기 무섭게 나타나서 빽 소리쳤다.

"뭐 해, 인마! 일 안 해?"

겉으로는 인상을 썼지만, 속으로는 태극문 제자들과 이조량이 귀엽기만 했다.

'흐흐흐흐. 착실하고, 무공도 제법이고. 진짜 복덩어리들이라니까.'

　　　　　　　*　　　　*　　　　*

　삼성궁 무사들이 광원산장을 공격하던 그 시각.

　북궁천은 백리진, 임강령과 함께 남동쪽으로 달렸다.

　이제는 입장이 바꾸어 천사교도들이 추적해 오는 상황이
었다.

　다행히 거리가 벌어지면서 추적해 오는 자들은 보이지 않
았다. 하지만 세 사람은 쉬시 않고 삼십 리를 달렸다.

　솔직히 북궁천으로선 백리진과 임강령을 떼어 내고 싶었
다. 그러나 헌원려려가 든 포대를 짊어진 채 절대지경의 고
수를 떼어 낸다는 게 어찌 쉬운 일이랴.

　더구나 통천일검공을 펼치는 바람에 상당한 공력이 소모
된 상태였다.

　지금으로선 두 사람을 떼어 내겠다고 무리할 때가 아니었
다.

　임강령이 사냥꾼이 살던 곳처럼 보이는 낡은 통나무집을
발견한 것은 그때쯤이었다.

　"형님, 저기서 잠깐 쉬었다 가시지요."

　밤부터 쉬지 않고 눈길을 달리고 싸운 터였다. 백리진도
쉬고 싶은 마음이 있던 터라 그의 의견에 찬성했다.

　"그렇게 하세. 놈들도 우리를 바로 찾아내지는 못할 거
네."

북궁천이야 두말할 것도 없었다.

점혈된지 하룻밤이 흐른 헌원려려였다. 너무 늦게 풀어 주면 몸에 이상이 생길지 몰랐다.

그는 백리진이 대답을 마무리 짓기도 전에 임강령이 가리킨 곳으로 방향을 틀었다.

통나무집은 사용하지 않은 지 오래된 듯했다.

한쪽에는 구멍이 나 있고, 짐승들의 배설물이 곳곳에 널려 있었다. 그래도 찬 바람이 부는 바깥보다는 훨씬 나았다.

북궁천은 나뭇가지로 대충 바닥을 쓸어 내고 포대를 조심스럽게 내려놓았다.

그리고 입구를 묶은 끈을 풀 시간도 아깝다는 듯 포대를 잡아 찢었다.

헌원려려의 얼굴이 먼저 드러났다.

눈물이 말라붙은 흔적만 남은 두 눈과 새파랗게 질린 입술이 잘게 떨리고 있었다.

몸은 얇은 이불로 둘둘 말려 있었는데, 밖으로 드러난 발은 추위로 인해 새파랗게 얼어 있었다.

북궁천은 그녀가 편하도록 이불을 느슨하게 풀어 주기만 했을 뿐, 추운 날씨를 생각해서 완전히 벗기진 않았다.

그리고 잘게 떠는 헌원려려를 지그시 바라보며 아혈과 마혈을 풀어 주었다.

그녀는 바로 눈을 뜨지 않았다.

마혈을 제압해도 팔다리와 몸뚱이만 움직일 수 없을 뿐, 그 영향이 눈과 입에까지 미치는 것은 아니었다. 그래서 양고명도 그녀의 아혈을 따로 제압한 것이었다.

그럼에도 눈을 뜨지 않는 것은, 눈을 떴을 때의 상황이 두렵기 때문이었다.

'그럴 리가 없어. 그가 이곳에 있을 리가 없어.'

정신이 아득한 상태에서 그 목소리를 들었다.

분노에 찬 목소리. 살기가 응축된 그 목소리는 듣는 사람으로 하여금 절로 두려움을 느끼게 했다.

그녀도 그 목소리를 듣고 몸이 사시나무처럼 떨렸다. 다른 사람과는 의미가 다른 떨림이었다.

이틀 전의 환청이, 몇 시진 전에 들었던 하늘의 울음소리가 바로 옆에서 들리고 있는 것이다.

그녀는 믿을 수가 없었다. 아닐 거라 생각했다. 목소리가 같은 사람은 세상에 얼마든지 있으니까.

하지만 그가 양고명을 단숨에 죽이고 자신을 어깨에 걸쳤을 때, 그녀는 확신했다.

그다. 그가 이곳에 있다.

북천에서 마제가 왔다!

그리고 이제 눈을 뜨면, 자신의 확신에 대한 답이 보일 것이다.

그녀는 그게 두려웠다. 정말 그일 경우가 말이다.

그럴 리가 없다고 되뇌어 보지만 머릿속에서는 그의 목소리가 계속 울렸다.

얼굴의 형상도 떠올랐다. 과거의 북궁천이 아닌 현재의 북궁천이.

'그가 궁주였어. 세상에! 그가 바로 옆에 있는데도 몰라보다니. 아무리 많이 달라졌다고 해도 어떻게 그럴 수가⋯⋯.'

그 때 누군가가 자신의 발을 손에 쥐는 게 느껴졌다.

반쯤 얼어붙어서 감각이 무뎌진 발이 따뜻한 열기와 잔잔한 진기에 서서히 녹자 짜르르한 충격이 전해진다.

부드럽고 섬세한 손길.

끝내 그녀의 두 눈에 고였던 눈물이 뺨을 타고 흘러내렸다.

한편, 임강령과 백리진은 묘한 분위기를 느끼고 의아한 표정으로 두 사람을 번갈아 봤다.

북궁천이 포대를 잡아 찢을 때만 해도 그러려니 했다.

이불을 느슨하게 해 주고, 혈도를 풀어 주는 걸 보고도 당연한 일이라 생각했다.

그런데 북궁천이 발을 주물러 주면서부터 이상한 생각이

들었다.

자신들을 경악케 했던 패도적인 모습은 온데간데없고, 마치 친동생을 보살피듯 부드럽게 변해 있었다.

더 이상한 것은 서문려려가 정신이 들었는데도 눈을 뜨지 않는다는 것이다.

거기다 울기까지.

"이보게, 서문 소저와 아는 사인가?"

백리진이 넌지시 물었다.

아무리 얼어붙은 몸을 녹이기 위한 것이라지만, 북궁천이 발을 주물러 주는 것은 아는 사이가 아니라면 지나쳐 보이는 행동이었다.

그리고 조심스런 손길과 부드러운 눈빛도 단순히 언 발을 녹여 주려는 사람의 표정과는 사뭇 달랐다.

"예, 아는 사입니다."

북궁천의 담담한 대답에 헌원려려의 눈꺼풀이 파르르 떨렸다. 하지만 그녀는 아무런 말도 하지 않았다.

백리진과 임강령은 그의 대답이 의외였다.

"왜 여태 그 말을 하지 않았나?"

임강령이 북궁천을 똑바로 쳐다보며 물었다.

북궁천은 헌원려려의 발을 계속 주무르며 말했다.

"려려와는 고향이 같습니다. 잘됐으면 같이 살았을지도 모르지요. 하지만 이전의 일입니다. 아는 척하면 려려에게

해가 될 것 같아서 말하지 않았지요. 려려가 저를 싫어할지
도 모르고 말입니다."

이해할 수 있는 말이었다.

헌원려려, 그들이 아는 서문려려는 삼성궁의 소궁주 구양
우경과 혼인을 앞둔 여인이다.

천사교와의 일만 끝나면 바로 혼인식을 치를 사이. 부부
라 해도 과언이 아닌 것이다.

그런데 그 사이에 불쑥 다른 사람이 끼어들면 어느 모로
보나 좋을 게 없었다.

"허어, 그런 사연이 있었군. 어쩐지 자네가 유난히 분노한
다 했더니……."

백리진은 고개를 저으며 탄식하듯 말했다.

임강령도 침음을 흘리며 고개를 끄덕였다.

"으음, 잘 생각했네. 소궁주가 알았으면 서로 곤란해졌을
거야."

그 때 북궁천이 헌원려려의 발을 조심스럽게 놓고 고개를
들었다.

그리고 무심한 눈으로 두 사람을 바라보며 말했다.

"하지만, 이제부터는 그러지 않을 겁니다. 앞으로 려려는
제가 책임지고 지킬 겁니다."

백리진이 흠칫하며 눈을 크게 떴다.

"이, 이보게. 그게 무슨 말인가?"

임강령도 북궁천의 말뜻을 알아듣고 놀란 표정을 지었다.

"서문 소저는 소궁주와 혼인할 사이네. 설마 그걸 모르진 않겠지?"

"제가 결정을 내린 이상, 누구도 막지 못합니다. 설사 하늘이라 해도!"

북천에서 마제가 내린 결정은 곧 법이다.

뒤엎을 수 있는 사람은 마제 본인뿐!

강호가 거부한다면 맞설 수밖에!

화아아아악!

북궁천의 전신에서 무형의 기운이 뿜어지며, 통나무집 안이 통째로 얼어붙은 것처럼 모든 움직임이 멈췄다.

백리진과 임강령마저도 북궁천에게서 뿜어지는 무형의 기세에 숨이 막혀서 눈을 홉떴다.

그들은 북궁천의 기세에 대항하기 위해 황급히 공력을 끌어 올렸다.

〈다음 권에 계속〉